ダブルギルティ～毒《どく》蛾《が》淫《いん》愛《あい》～

結城一美
KAZUMI YUUKI

イラスト
小山田あみ
AMI OYAMADA

JN263882

Lovers
GREED

CONTENTS

✦本作品の内容は全てフィクションです。
実在の人物、団体、事件などにはいっさい関係ありません。

1

パソコンのキーボードを叩く音が、ぴたりと止まった。

横浜地方検察庁三階、柚木和鷹《ゆずきかずたか》検事・執務室。

「呼びますか、検事」

事務官・永森《ながもり》の問いかけに、柚木はハッと我に返り、首を横に振った。

「いや……まだいい。もう少し、調書に目を通したい」

「…わかりました」

永森は訝《いぶか》しげな顔をしながらも、言葉少なにうなずき、再びキーボードを叩き始める。

いつもなら事件調書を一読して、すぐに被疑者《ひぎしゃ》を呼び込むのに、妙だな…と思っているに違いない。柚木は警察から送致されてきた申し送りに囚《とら》われることなく、自身の目で事件と被疑者を見極めることを信条としていたからだ。

柚木は軽快なタイピングの音を横に、今一度、調書へ目をやった。

志藤孝一郎《しどうこういちろう》、三十二歳――。

その名を被疑者欄に見つけた時、柚木は思わず息を呑《の》み、目を見張った。

それは十三年前、失踪《しっそう》したきり行方知れずになっていた、親友の名前だったからだ。

――まさか……本当に、あの志藤か!?

柚木は信じられない思いで記載内容に目を走らせたが、生年月日や血液型は、ぴったり志藤のものと一致する。

だが添付されてきた写真の男の顔は、柚木が記憶しているものとはまるで違った。

スポーツマンらしく短めに刈り込まれていた黒髪は長く、明るい茶色に染められ、後ろで括《くく》られている。クールな笑顔がトレードマークだった男性的な面立ちは、影のある荒《すさ》んだものに変貌《へんぼう》しており、顎《あご》には髭《ひげ》が生やされていた。

しかも、志藤の容疑は、殺人と死体遺棄。

女を裸で緊縛《きんばく》した上に、絞殺《こうさつ》。そのまま女の自宅に放置して逃走したという嫌疑《けんぎ》がかけられているのだ。

本人は、電話で呼び出されて出向いたら、すでに女は殺されており、面倒に巻き込まれるのが嫌で逃げただけだと供述しているらしい。しかしアリバイもなく、部屋には指紋が拭き取られた痕跡《こんせき》があり、また拭き取り切れなかったと思われる部分には、くっきりと志藤の指紋が残っていた。それが決定打となり、逮捕に至ったと調書には書かれている。

だが、その一部始終が、柚木には信じ難《がた》かった。

肩を組み、競い合い、共に将来を嘱望《しょくぼう》される存在だったあの志藤が、こんな事件を起こすなんて、何かの間違いではないのかと思いたいぐらいだ。

確かに十三年前、志藤を襲った悲劇は、彼の人生を大きく変えてしまった。

もしかしたら、もう生きていないのではないか、とすら思っていた。

だから、どんなに様変わりしていようとも…犯罪に手を染めていようとも、こうして無事だったことがわかって、心の底から安堵《あんど》したのは確かだ。

でも、同時に柚木の中には、それに相反する感情もふつふつと湧《わ》き上がってくる。

畏怖《いふ》にも似た、熱い怒りだ。

——…志藤…。

調書を持つ手にギュッと力がこもる。

柚木には、どうしても志藤に確かめたいことがあったのだ。

『——これはな……柚木。俺が指示して、やらせたんだ』

耳によみがえる低い声音に、ブルッと躰《からだ》が震えた。思い出される…否、思い出したくもない場面が、脳裏を過《よ》ぎる。それを振り切るように、柚木はきっぱりと言った。

「永森事務官。被疑者を中に、お願いします」

過去と、現在と——その真偽を問い質《ただ》すために。

◆

ブラックスーツに、アイスブルーのレジメンタル・タイ。

永森が出ていった後、柚木はピシリと襟元《えりもと》を正した。

そしてマホガニー調の執務机の上で手を組み、深呼吸を一つ、検事の顔になる。

さらりとした黒髪に、男としては綺麗に整いすぎた顔立ちは、ともすれば被疑者から甘く見られがちだが、気を引きしめた切れ長の目は、それを裏切るかのように鋭く冷たい。

柚木の前で黙秘を続けられる人間が極端に少ないのも、この鋭利《えいり》な刃物のような眼差《まなざ》しのせいだ。

柚木はT大法学部に現役で合格し、司法試験も一発でクリアした後、東京地検で研修を受けた。その後は地方の検察庁を回って経験を積み、現在は横浜地検で赴任一年目を迎えたところなのだが、そろそろ東京の特捜部に来ないかとの声もかかっているので、ここにもあまり長くは在籍しないだろう。

そのわずかな期間に、志藤に再会するとは、なんという偶然の悪戯《いたずら》だろうか。

それも検事と被疑者という、思ってもみない関係《かたち》で――。

ノックの音がした。

「入れ」

間髪を容《い》れず返答するとドアが開かれ、永森が「失礼します」と言って入室してきた。

続いて手錠と腰縄をつけられたうつむき加減の男が、二人の監視員に促《うなが》されるように執務室に入ってくる。

その姿に、柚木の全身に緊張が走った。

間違いない。

彼は、志藤孝一郎だ。

頭ではわかっていたが、本人を目の当たりにすると、やはり動揺はことのほか大きい。

一八五センチはある長身に、広い肩幅。どんなに外見が変わっていても、肩を少しだけ右に傾けて歩く癖は今も抜けていないようで、柚木は執務机を挟《はさ》んだ椅子に座らせられる志藤の姿に、胸がしめつけられた。

だが、志藤は柚木にはまだ気づいていないのだろう。

黒の綿パンに白のシャツを着て、無造作に長髪を後ろで縛っている志藤は、こちらに目を向ける気もないのか、気《け》だるそうに背もたれに寄りかかって床を見つめている。

その頰は写真よりも痩《こ》けており、うっすら無精髭《ぶしょうひげ》も生えていて、留置場での寝泊まりの疲れが滲《にじ》み出ていた。

「永森事務官。顔見せはわたし一人で行う。監視員の方々も退室願いたい」

言った途端、永森と腰縄を解《ほど》いていた監視員は、えっと驚いた顔を柚木に向けた。

「柚木検事、それは…」

違反ではないが、けして推奨《すいしょう》されることではない――そう言いたげな永森を前に、志藤がピクッと肩を震わせた。

「…ゆず…き…？」

低く掠《かす》れた声が、自分の名を呼ぶ。

すがめられた昏《くら》い目が柚木の姿を捉え、二人の視線が、真っ向からかち合う。

瞬間、志藤は息を呑み、硬直した。

それを凝視しながら、柚木は静かに言う。

「責任はわたしが取る。心配はいらない」

「……わかりました」

一瞬躊躇《ちゅうちょ》はしたものの、永森はすぐに了承し、監視員を外へ促した。

横浜地検で事務官を続けて二十五年。頭髪に白いものが交じる永森は、良くも悪くも検事のサポートには長《た》けている。特に数年で入れ替わり、中央へ舞い戻っていく柚木のようなエリート検事たちには、けして逆らわず深入りはせずのスタンスを崩《くず》さない。

定年まで無事に勤め上げるには、触らぬ神に祟《たた》り無しが一番だと知っているのだ。

パタンとドアが閉められると同時に、部屋の中には静寂《せいじゃく》が訪れる。

柚木は執務机越しに志藤を見据え、口を開いた。

「この十三年間……いったいどうしていたんだ、志藤」

重々しく尋ねる柚木の顔を、志藤は冷ややかに見つめた後、フッと息をついた。

そして薄い唇を歪《ゆが》めて笑う。

「野暮《やぼ》なこと、聞くんじゃねぇよ。今のこの有様を見りゃ、だいたい見当がつくだろ。それにそこの調書にもいろいろ書いてあるんだろうが」

ふてぶてしく言い放ち、志藤は手錠で縛められた手をそのままに、高々と足を組んだ。

確かに手元の調書には、横浜駅西口の歓楽街にある雑居ビルの店でバーテンダーとして働いていると書かれている。住所も職場と同じになっているので、自宅は持たず、店で寝泊まりしているのかもしれない。その上、志藤は単なる水商売に従事しているだけでなく、兼業で雑務請負業も営んでいるようだと注釈欄には記されていた。

要するに金を積めば、犯罪ぎりぎりの範囲でどんな仕事でも引き受けるというヤクザな商売である。実際、裏で暴力団と繫《つな》がっている業者も多いと聞く。

それだけを見ても、志藤が家族も家も…何もかもを失って失踪した後、たった一人でどんな暮らしをしてきたのか、想像に難くない。

もしも何事もなく、柚木と共にT大法学部を卒業していれば、志藤もまた優秀な法曹《ほうそう》関係者になっていただろうに。

そう思うと、柚木の胸がかすかに痛んだ。

「しかし、俺に比べておまえはすっかりエリート検事になったなぁ、柚木。まさかこんな所で再会するだなんて、思ってもみなかったぜ。悪いことはできねぇな」

そう言って喉の奥で皮肉げに笑う志藤に、柚木は椅子から立ち上がった。

そして監視員が置いていった手錠の鍵を手に、つかつかと志藤の側に歩み寄る。

「手を出せ、志藤」

言葉少なに命令する柚木を、黒い瞳が見上げてくる。

それが、すう…っと値踏みするかのように細められ、凄《すご》みのある声が口から洩《も》れた。

「……同情か、それは？」

「違う」

「だったら、検事のお情けか」

返答せず、柚木はいきなり志藤の腕をつかみ上げ、ガチャリと手錠の鍵を外した。

そして、その手を打ち捨てるように解放し、高飛車に言う。

「間違えるな。俺は検事と被疑者の立場ではなく、おまえとはまず、対等な立場で話がしたいだけだ」

「対等な立場？　笑わせるなよ、柚木。俺は殺人犯として逮捕されたんだぜ」

そう吐き捨てるが早いか、志藤は逆に柚木の腕をむんずとつかんで言う。

「こうやって、俺が襲いかかったら、いったいどうする…あっ」

「見くびるな」

柚木は志藤の手を薙《な》ぎ払った。

「殺人被疑者の取り調べが恐くて、検事などやっていられるか。それにここには非常用のブザーもある。押せばすぐに監視員が飛び込んでくる。妙な真似をすれば、自分の首を絞めることになるだけだ。肝に銘じておけ」

真上から睥睨《へいげい》して言う柚木に、眼前の男の顔から表情が消える。

「……で？」

志藤は手錠のせいで赤くなった手首をさすりながら、柚木に問いかけてきた。

「そうまでして、おまえはなんの話がしたいんだ？　昔話の一つでもして、懐かしがればいいのか」

揶揄《やゆ》を含んだ口調に、カッと怒りが込み上げた。

それを堪《こら》えて柚木は聞く。

「志藤……。なぜおまえはあの時、あんなことをしたんだ。俺は十三年間、ずっとそれをおまえに問い質《ただ》したかった」

「あんなこと？」

片眉を上げる志藤に、畳みかける。

「忘れたとは言わせないぞ」

たとえどれほど月日が経っても、柚木にとってあの出来事は、忘れたくても忘れられない…消したくてもけして消えない傷痕《きずあと》となって、記憶に刻まれている。

なのに、それを志藤は鼻で笑って、こともなげに口にする。

「——ああ。強姦《レイプ》のことか」

「…っ」

「いや…違うな。輪姦《マワシ》だったか」

ギリッと音を立てるほど奥歯を噛《か》みしめた。思い出されるおぞましい感触に、腸《はらわた》が煮えくり返るほどの激情が突き上げ、柚木の声を震わせる。

「……だったら…やっぱり、あれは…」

おまえの仕業だったのか――。

声にならない叫びが、柚木の一縷《いちる》の希望をぷつりと断ち切る。

『これはな……柚木。俺が指示して、やらせたんだ』

意識が混濁《こんだく》する中で聞いた、それが最後の志藤の言葉。

できれば信じたくない。間違いであって欲しい――今までずっと心の片隅でそう思い続けてきたのに、志藤はあの時と同じ、冷酷な目で柚木を見つめてくる。

青白い雷光の下、男たちに陵辱《りょうじょく》される柚木を嘲笑《ちょうしょう》していた、その瞳で。

「…なぜだ……志藤。なぜ…おまえはっ…」

「なぜ？　おまえがめちゃめちゃにされる姿が見たかったからに決まってるだろ」

愚問だと言わんばかりに、志藤が返答する。

「――俺はな、柚木……おまえが殺したいほど憎かったんだよ」

見上げてくる男の酷薄《こくはく》な笑みに、柚木は愕然として、その場に立ち尽くした。

◆

柚木と志藤が互いの存在を知ったのは、中学一年の時だ。

弓道の関東大会で一年生ながら決勝に進み、柚木と志藤はそこで初めて他校の生徒として顔を合わせた。その後は、共に弓道の強豪校である高校に進学するまで三年間、大会があるたびに二人は優勝争いを繰り広げてきた。

もちろん高校では、同じ弓道部に所属。偶然にも同じクラスになったことで、二人は急速に親しくなった。それまでは対抗意識も強く、相手をライバルとしてしか見ていなかったが、話をしてみると意外にも馬が合い、さらに互いの父親が同じ証券会社の同僚だということもわかって、親密度はさらに高まった。

長身で嫌味なほどクールな、男前の体育会系。

男のくせに、お高くとまった美形の優等生。

そう言って互いを疎《うと》んじていたのが嘘《うそ》のように、柚木と志藤はつるむことが多くなり、弓道部の双璧《そうへき》と呼ばれるようになった。

二人は成績も優秀で、女子たちにも人気が高かった。

だが、柚木は女の子と付き合うよりも、志藤と一緒にいることを望んだ。

そのほうが数段楽しく、有意義で充実した時間を過ごせると思ったからだ。

それに志藤も同じ気持ちだったのか、特定の彼女は作らなかったようだった。

「別に俺に合わせることはないんだぞ、志藤。気になる子がいるなら付き合えよ」

「いや、いい。俺もおまえと弓を引いていたほうがいい」

そう言われると、やはり悪い気はしない。というよりも柚木は純粋に嬉しかった。

そうして二人は、ともにT大学法学部を受験。見事に現役合格を果たした。

柚木にとって、志藤は誰よりも信頼できて、どんなことでも打ち明けられる無二の親友だった。

志藤のためならば、どんな助力も惜しまないと思っていた。

そして、その気持ちは志藤も同じだと、柚木は信じて疑わなかった。

あの日、あの時、あんな事件さえ起こらなければ。


「父さん、いったい志藤の父さんは、何をやったんだ⁉　テレビでしきりにインサイダー取引疑惑って報道されてるけど、それに関わってたってことなのか⁉」

アパートで一人暮らしをしていた柚木は実家に戻り、夜遅くに帰宅した父親に詰め寄った。

「志藤の家や携帯に、いくら電話をかけても誰も出ないし、家の周りには山のように記者たちが詰めかけていて、近寄ることもできない。家には灯りもついていなくて、誰もいないみたいなんだ」

志藤の家は四人家族で、父親と母親、それに三つ年上の姉がいる。

線が細く優しい母親に似て美人の姉は、柚木が志藤の家を訪れるたびに喜んで迎え入れてくれた。そんな志藤の家族たちも、いったい今、どうしているのか。

「和鷹。おまえが心配するのも無理はないが、わたしもいまだに信じられないんだよ。まさかあの志藤が、こんな不正な取引に関わっていたなんて」

苦渋《くじゅう》を滲ませて説明する父に、柚木は蒼白《そうはく》になった。

柚木の父はN証券会社の財務管理部長で、志藤の父は証券業務部長を務めている。二人とも社内では、やり手の部長で通っており、出世頭と目されていた。

その志藤部長が、インサイダー取引の件で、警察の事情聴取を受けたというのだ。

インサイダーとは、職務で事前に知り得た重要事実を元に、他に先駆けて行う不法な証券取引のことをいう。

志藤部長は大手取引先の顧客に、多額の差益が保証できると某製薬会社の株を買わせたにもかかわらず、見込み違いで株価が暴落、大損をさせたらしい。しかもその穴埋めに、悪徳金融業者…俗にいう闇金から個人的に借金をしたことが明らかになった。

「もしもこの件がバレたら、自分の首が飛ぶどころか、会社の信用問題にも発展し兼ねない…志藤は背に腹は替えられないと思って、闇金に手を出したんだろう」

「そんな…」

「それに証券マンという立場的にも、公の業者から金を借り入れるわけにはいかなかったに違いない。だが、それが徒《あだ》になったようだ。志藤の奴…どうしてこんな馬鹿な真似を…。お互いそれぞれ立場があるとはいえ、一言わたしに相談してくれてもいいものを」

顧客のほうは金さえ戻れば、この件は不問にすると言ってくれたらしいが、闇金は黙っていなかったようだ。

実際、一千万円近くの借金をすれば、利息だけでもすぐに膨大なものになる。

闇金の取り立てが自宅や会社にまで及ぶのは時間の問題だと、大学生の柚木が考えても容易に想像がつく。

「なのに、そんなこともわからなくなるほど、志藤は何を焦《あせ》っていたのか…」

この事件の対処に駆り出され、疲れた顔で言う父に、柚木は唇を噛んだ。

証券会社はノルマが非常に厳しい。柚木は父からいつもそう聞かされていた。それはバブルが崩壊して、日本経済が低迷し始めてから、さらに深刻になってきているとも。

会社の財務を担う柚木の父とは違い、志藤の父親は株の売買に直接関わる仕事をしていたせいで、そのプレッシャーは想像以上に大きかったのかもしれない。

「志藤の家、大変なことになってるな、柚木、おまえ何か聞いてないのか？」

心配しながら大学に行けば、友人や講師たちも皆、柚木に志藤のことを尋ねてくる。

連日テレビでは『N証券マン、インサイダー取引疑惑』と題して、ニュースが流れている。

それは雲隠れしている志藤部長に逮捕状が出ると、さらに過熱したものになった。

柚木は、何度かけても通じない携帯電話を握りしめることしかできない自分の無力さが情けなく、腹立たしくてならなかった。

当時はまだ、携帯電話が普及し始めたばかりだった。メールも文字数が極端に少なく、留守録も相手が設定をしていないとできない仕組みになっていた。電話で、所在のつかめない相手にこちらの思いを伝えるには、基本的に通話しかなかった時代だ。

――志藤っ…。おまえ、いったい、どこでどうしているんだ？

柚木は歯嚙みしつつ、必死で自分に言い聞かせた。

きっと志藤は今、突然の事態に混乱し動揺し、現状に対応するので精いっぱいなのだ。

だから連絡が取れないのだと。

でも、そのうち自分には必ず連絡してくるはずだ。

そして、その時は、なんとしてでも志藤に救いの手を差し伸べよう。

そのためにも、まずは自分が冷静にならなければ。自分がこんなでは、いざという時に志藤の力になってやれない――柚木はそう考えて大学の弓道場へ出向き、弓を引いて心を落ち着けようとした。けれど神棚に向かって手を合わせても、正座をして瞑想《めいそう》しても、弓に矢をつがえ、放っても、思い知らされるのは、ただ一つ。

志藤の不在だ。

『柚木。躰が開き気味になってるぞ』

『もっとためを利かせて、集中しろ。何年、弓を引いてるんだ』

いつも柚木の背後に射位を取っていた志藤の、低く掠れた声音。口は悪いが、背中に響くその声は、柚木をどれほど安心させ、そしてまた奮《ふる》い立たせてくれたことかわからない。

それが今は聞こえてこない。

いくら弓を引いても、空を切り裂く弦音《つるね》だけだ。

――志藤、早く戻ってこい。また一緒に、競射しよう。

だが、柚木の願いは遠のくばかりで。

「大変だ、柚木っ。志藤の母さんが自殺したって、今、テレビでやってる！」

弓道場に知らせにきた友人と駆けつけてみれば、ニュースが映し出されている食堂のスクリーン前は、集まってきた学生たちで騒然となっていた。

特に志藤や柚木と同じ法科の一年生たちは、皆一様に青ざめた顔をしていた。

「志藤くんのお母さん、ホテルで首を吊ったんだって。志藤くん、可哀想…」

「ニュースでは、志藤の父さん、闇金に手を出してたって言ってたぞ。それに、姉さんが暴力団らしき男に拉致《らち》されたのを見たって証言している人も出てた」

「暴力団に、拉致⁉」

「まさか志藤の姉さん、借金の形《かた》にヤクザに売られて…」

「それを目の当たりにして、お母さんは…」

「よせ！　憶測でものを言うな」

だが、制止する柚木も、頭では皆と同じことを考えた。

それがひどくショックだった。

父親は警察と闇金に追われ、姉は拉致誘拐、母親は自殺。

そんな中で、いったい志藤はどんな気持ちでいるのか。

姉や母親を救えなかったことを激しく悔やみ、自分を責め、自暴自棄《じぼうじき》になっているのではないか。

普段はクールで淡々としているが、内に秘めた情熱や闘争心は人一倍強く激しい志藤。

だからこそ、どれほど苦しみ、つらい思いをしていることか――。

いてもたってもいられない気持ちで、柚木は母親が亡くなったというホテルや、志藤の家にも足を運んでみたが、警察や報道関係者がひしめき合う中、何一つ情報は得られない。

父に話を聞きたくても、この一件で会社に詰めているらしく、帰宅もままならないようだった。

だが、その夜遅くになって、柚木の携帯に電話が入った。

それが志藤からのものだとわかると、柚木は飛びつくようにして携帯を耳に当てた。

「志藤っ、大丈夫か？　心配してたんだぞ。今、どこにいるんだ!?」

『……柚…木…』

通話口から聞こえてきたのは、低く掠れて憔悴《しょうすい》し切ったような震え声だった。

『――さっき……親父が死んだ』

「えっ」

柚木は耳を疑った。

亡くなったのは、確か母親のはず――だが、そう思った直後に、柚木は息を呑んだ。

『どこかのビルの屋上から、飛び降りたらしい。その直前に、俺に電話をかけてきたんだ……これから死ぬって』

「そんな…っ」

だが、柚木に絶句している間はなかった。

『「死ぬ前に、孝一郎…おまえの声が聞きたかった」。親父は俺にそう言った。柚木、俺も今、親父と同じ気持ちで、おまえに電話したんだ』

「志藤っ」

『母さんも死んだ。姉さんも、もう生きているかどうかわからない…。これ以上、生きている意味がない』

「駄目だ、志藤っ。そんなことを言うな！」

柚木は携帯を握りしめ、叫んだ。

志藤は死ぬ気でいる。それを、なんとかして止めなければと。

「志藤。お父さんは、おまえに後を追って欲しくて電話してきたわけじゃないだろう⁉　おまえに生きていて欲しいから……生きているおまえの声が聞きたいから、電話してきたんじゃないのか⁉」

それは少し乱暴な言い方だったかもしれない。

けれど、今はどんな言葉でもいい、志藤を思い留《とど》まらせることができれば…彼の琴線《きんせん》に触れることさえできれば、それだけでかまわないと、柚木は必死で続けた。

「志藤、俺は今まで、ずっと考えていた。もしも志藤から連絡があったら、その時はどんなことでもしてやろうって。俺にできることなら、なんでもしようって。だから早まるな。頼むから一人で行動するな。俺を信じろ、志藤っ」

言った途端、電話口で息を詰める気配がした。

そして、やがて絞り出すような声が聞こえてくる。

『柚木……おまえ……どうしてそこまで、俺を…』

形のいい男性的な眉をひそめ、苦しげに顔を歪ませる志藤の姿が、脳裏に浮かぶ。

その面差しに、柚木は泣きたいような衝動に駆られた。

「——当然だろ。俺たち、親友じゃないか、志藤」

失いたくない——その一心で、柚木は言った。

親愛と、信頼と、友情と、精いっぱいの思いを込めて。

それが通じたのだろう。しばらくして、志藤が深く息をつき、言った。

『わかった……柚木。おまえの気持ちは、よくわかったよ』

その声に、柚木もまた深く安堵の息をついたのだった。


午後十一時。

そぼ降る雨の中、柚木は自分のアパートから、志藤と待ち合わせをした公園へと急いでいた。

父親の最期を携帯越しに感じながら、志藤はいったいどんな気持ちでいたのか——。

それを考えると、柚木の胸は引き絞られるように痛んだ。

だから志藤が思い留まり、自分と会う気になってくれて本当によかったと柚木は思う。

だが、それと同時に柚木は一抹《いちまつ》の不安も感じていた。

両親を自殺という形で一度に失い、姉の安否もわからない状態の志藤に、いったい自分が具体的にどれだけのことをしてやれるのだろう。

――でも、今はまず、あいつに会って…あいつの側《そば》にいてやりたい。

そして志藤の手を握り、自分が一人きりではないことを教えてやりたい。

そのためにも、まず志藤を自分の家に連れてこよう。話はそれからだ。父も志藤家のことは、ひどく心配していた。実家に戻って相談すれば、きっと親身になってくれるに違いない。

柚木は何度も自分にそう言い聞かせていた。

待ち合わせをしたのは、神社の境内《けいだい》に密接した比較的大きな公園で、高校時代は隣接する弓道場にも度々足を運んだ、馴《な》染《じ》みの深い場所だった。

樹木の種類も多く、春には花見客で、夏は深緑の涼風を求める人々や夜のデートコースとして賑わう園内も、今夜は悪天で人けがない。

小屋根のある外灯の周りを、数匹の蛾《が》が忙《せわ》しなく飛び交っているせいで、青白い光がちらつき、しっとりと濡れる木の葉や踏みしめる玉砂利に、影を落としていた。

「……志藤？」

柚木は弓道場裏手の東屋《あずまや》に近づくと、声をかけた。

だが、志藤はまだ来ていないのか、返答はない。

柚木は傘を畳むと東屋の中に入った。そして周りをぐるりと見回す。

と思う間もなく、木陰から人の気配がして、柚木はハッとそちらへ目を向けた。

「いゃあ、けっこうひでぇ雨だな。霧雨かと思ったのによ」

でも、それは志藤ではなく。

夜目にも金髪とわかる派手な服装をした男が二人、屈強なスキンヘッドの男を従えるようにして、こちらの東屋に急ぎ足で向かってくる。

男たちはいずれも二十五、六歳ぐらいの、見るからに柄の悪いチンピラだった。

間が悪いと思った。こんな時に、関わり合いにはなりたくない。

だが、柚木が踵《きびす》を返し、反対側の出入り口へ向かおうとした途端。

「おっと…危ねぇな」

突然、目の前に長身の男が二人立ち塞《ふさ》がり、柚木は危うくぶつかりそうになった。あげく男たちは、避けようとする柚木の手を示し合わせたようにつかみ上げ、中へ押し戻す。

「何をするんだ。放せ！」

柚木はとっさに腕を巻き返すようにして、男たちの手を払った。

武道を嗜《たしな》む者として、柚木も一通りの護身術は身につけている。

だが、期せずして前後から東屋に乗り込んできた、怪しげな男たちは五人。

しかも彼らは顔見知りのようで、軽口を叩《たた》き合っている。

「傘を持たないで出てきたから、すっかり躰が冷えちまったぜ」

「だったら一暴れすりゃ、暖まるんじゃねぇか」

「確かに。ちょうどよく、目の前に獲物も転がってるしな」

　ククッと下卑《げび》た男たちの笑みに、嗜虐《しぎゃく》の匂いを嗅《か》ぎ取る。

　瞬間、柚木は弾かれたようにして窓際の腰かけに足をかけた。そして、唯一の退路である窓から飛び出そうと身を乗り出す。

「待てよっ」

「逃がすかっ」

「放せ！　あっ…」

　双方から足と腰をつかまれ、柚木は東屋の中に引き戻された。

　そして、床の上に仰向けにドゥッと転がされ、押し倒される。したたかに打った背中と腰が痛かったが、柚木は歯を食い縛って躰を起こそうとした。

「あきらめろよ。五対一だぜ」

　パンッと頬を打たれ、眼前に火花が散った。

　その隙に、長身の男が柚木の両手を頭上でまとめ上げ、ベルトで縛って固定する。

　ものの数分とかからない、鮮やかすぎる連携《れんけい》プレイだった。柚木は激しく混乱した。

　何がどうしてこうなったのか、まるでわからない。

　だが、これだけは間違いない。彼らは自分をリンチする気なのだ。

「何をするっ、やめろっ…放せ！」

　謂《い》われのない暴力に屈するのが嫌で、柚木は男たちに向かい、足を蹴り上げた。

「バカが。歯向かったら、余計燃えるっつの」

だがそれをスルリとかわして、金髪男の一人が柚木の右足を押さえ込む。と同時に、左足も眼鏡をかけた男に抱え込まれた。

「へぇ…男なのに、綺麗《きれい》な顔してるじゃん。こりゃ、期待できるな」

もう一人の金髪男が、足の間に割って入り、柚木の顔を真上から覗《のぞ》き込んで言う。

男は両耳にズラリとピアスをつけ、ガムをくちゃくちゃと噛んでいた。

軒下から差し込んでくる外灯の光のせいで、東屋の中は男たちの表情が見て取れるほど明るい。そのどれもが異様にギラギラした目をしており、好色げな笑みを浮かべていることに気づいて、柚木は青ざめた。

――まさか、こいつら…っ。

「ぐちゃぐちゃ言ってねぇで、早く剝《む》けよ」

舌舐《したな》めずりしながら言うスキンヘッドの男の言葉に、柚木は総毛立つ。

この連中の目的は、リンチではない。

レイプだ。

「うるせぇな。わかってるって…うわっ！　こ…このやろっ」

力任せに躰を捩《よじ》って暴れたせいで、柚木の左足が眼鏡男の顔面を掠めた。

そのせいで飛んだ眼鏡が、カシャンと音を立てて床に転がった。

「ふぅん。威勢がいいじゃねぇか…。上出来だ。久々に犯《や》り甲斐がありそうだな」

ニッと笑いながら言うピアス男の平手が、再び柚木の頰を打つ。

それと示し合わせたようにボタンやファスナーが緩められ、下着ごとジーンズを引き下ろされた。

「あっ…よせっ、やめろ！」

叫んで抗《あらが》おうとしたが、今度は男たちも警戒したのか、柚木を押さえつける手の力は強く、身動きすら敵《かな》わない。

「いざ、オープン」

金髪男が、ふざけた口調で言った。と同時にシャツの裾《すそ》が左右に引っ張られ、バラバラッとボタンが辺りに飛び散る。しかも男たちは、それぞれつかんだ足をすくい上げるようにして左右に割り、柚木の秘部をあらわにした。

「…っ」

ひゅ～っと吹かれる口笛に、柚木は気の遠くなるような恥辱《ちじょく》を感じ、唇を噛みしめた。

男たちの下卑た視線が、青白い光の中に白く浮かび上がる自分の裸体に注がれている。

弓道で鍛え上げられた胸筋や、適度に引きしまった腹筋。

その下で、淫《みだ》らに暴《あば》かれ、晒《さら》されている股間。

しかもその奥の窄《すぼ》まりは、見る者の欲情をそそるように、袋の陰に隠されている。

「…おい。もっとよく見せろよ」

スキンヘッドがピアス男を押しのけるようにして、前に進み出てきた。

男たちは柚木の膝をさらに押し開き、胸につけて狭間を暴く。

ゴクリ…と生唾を飲み込む音が聞こえた。

「こりゃ、完璧バージンだな……きれいなもんだ」

「じゃ、これが初体験ってわけか。……たまんねぇ」

彼らが何を見てそう言っているのか…くぐもった声で笑っているのか、考えただけで屈辱と怒りに躰が震えた。

この連中はレイプに慣れている。ゲーム感覚で陵辱を楽しんでいるのだ。

「くっ…う、放せっ……俺は女じゃない！」

柚木は彼らの視線から逃れたい一心で、必死になって躰をくねらせた。

だが、尻を突き出した格好でそんなことをすれば、逆効果なのは目に見えている。

「女じゃない？　当然だろ。だから、いいんじゃねぇか」

言いながらスキンヘッドは、柚木の尻の狭間に手を伸ばした。

「男のココは、女よりずっと具合がいいんだぜ」

「ひっ…」

指先で窪《くぼ》みを撫《な》でられるおぞましい感触に、身が竦《すく》む。

そのせいで、入口の襞《ひだ》がキュッと生きもののように収縮した。

「やばいぜ…こいつ。……我慢できねぇ」

低く呻いてスキンヘッドが慌ただしく自身のベルトに手をかける。

その金属音に、柚木は目の前が真っ暗になった。

男たちは本気だ。

本気で男の柚木を犯そうとしている。

しかもその現場に、もうすぐ志藤がやってくるのだ。

「…嫌だ…っ……やめろぉぉ——っ！」

柚木は声を限りに叫んだ。

こんな姿を、志藤には見られたくない。

だがその反面で、志藤ならこの窮地を救ってくれるに違いないという思いが頭を掠めた。

「だから、煽《あお》るなって。すぐに挿《い》れてやる」

興奮したスキンヘッドが、鼻息も荒くファスナーを下げる。

「待てよ」

その躰がグイッと背後に引っ張られた。

——志藤⁉

だが、スキンヘッドの襟元をつかんで制止したのは、例のピアス男で。

「前にも言ったろ。いきなりおまえのデカブツをねじ込むのは、やめとけって」

「なんだとっ」

「気絶された上に、血まみれの孔《あな》に突っ込むこっちの身にもなれっての」

いきり立つスキンヘッドに、ピアス男がゾッとするようなことを言うと、周囲の男たちも同意するようにうなずく。

「流血も、度がすぎると興醒めだからな」

「そーそー。あんまりガッつくなよ。ガキじゃねーんだから」

「何ぃ、もういっぺん言ってみろっ」

「仲間割れはよせ！」

頭上で柚木の手を押さえていた男がぴしゃりと言って、ピアス男に何かを放る。

それをすかさずキャッチして、「さすがリーダー、気が利くな」と、男が笑った。

あきらめ切れずぶつぶつ言うスキンヘッドを尻目に、ピアス男は手にしたものの蓋《ふた》を指で弾くように開ける。そして柚木の躰の上で、それを傾けた。

「なっ…何、ああっ」

つうぅ…と滴《したた》る液体が、腹を濡らした途端、男たちは笑いながらいっせいに柚木の躰に手を這《は》わせてきた。

「ショーの始まり始まり〜」

金髪男が言うと同時に、彼らは柚木の肌を撫で回し始める。

胸に、脇腹に、下腹に、内股に…。おそらくローションであろう粘性の液体をくまなくなすりつけられて、柚木は吐き気と目眩《めまい》に襲われた。

乳首をつままれ、ビクンと躰が跳《は》ねる。股間の分身をゆるりと扱《しご》かれて全身が震えた。

「やっ…やめ…うぅ…っ」

上擦《うわず》る声で叫ぶ柚木をどう取ったのか、ピアス男は悦に入ったように言う。

「気持ちいいだろう？　俺たちはバージンには優しいんだぜ。これからみんなでたっぷり可愛がってやる。期待してろよ」

下卑た笑い声とともに、男たちの手が、さらに卑猥《ひわい》に…執拗に、柚木の躰を弄《もてあそ》ぶ。

そのたびに逃れようと必死に身を捩る柚木の姿は、男たちの劣情を煽るだけだ。

再びローションが垂らされ、尻の割れ目を伝った。

そのぬめりを指ですくい取るようにして、後孔《こうこう》の襞にねっとりと塗り込められる。

「ひぃっ…あああっ」

ズブリと指を突き入れられると同時に、尖った胸の突起をひねり潰され、分身をきつく握り込まれて、柚木は思わず顎を突き出し、仰《の》け反《ぞ》った。

味わったことのない衝撃と痛みと屈辱に、涙が溢《あふ》れ、喉から甲高い悲鳴が洩れる。

「こいつ、いい声で啼《な》くな。ゾクゾクするぜ」

「感度もよさげだしな。素質があるんじゃねぇのか」

「男に犯される素質…ってやつ？」

ぎゃはは…と下品な笑い声を上げる男たちの目は、ギラギラと異様な輝きを放っている。

こんな奴らになぜ辱《はずかし》められ、いたぶられねばならないのか、柚木はまるでわからない。

仮にも武道を嗜む自分が満足に抵抗もできず、こんなにも容易《たやす》く組み敷かれてしまったことが信じられなかった。だが、何より信じ難いのは、こんな屈辱的な状況の中、男たちの淫猥な愛撫に反応しかけている自分自身の躰だった。

「お……勃《た》ってきたぞ」

それに気づいた男が、勃起しかけたものの表皮をゆるゆると擦り上げる。

途端に、じんわりと熱を帯びていた躰が、燃え立つように熱くなった。

しかも後孔や屹立《きつりつ》の先、乳首といった敏感な部分がズキズキと疼《うず》くようにむず痒《がゆ》くなる。

男の躰は欲望に忠実で、直接的な刺激に弱いことを、柚木も知っている。

──でも、いくらなんでも、こんなっ……なぜ、こんなにっ…。

「効いてきたみたいだな、媚薬《びやく》が」

「媚薬っ？　うああっ」

叫ぶ柚木の躰が、弓のように撓《しな》る。

二本に増やされた指をねじ込まれ、グリッと後孔の奥を抉《えぐ》られたからだ。

だが、その圧迫感と痛みは、すぐにねっとりとした愉悦《ゆえつ》にすり替わって、柚木の全身に拡がっていく。

「やっ…やめっ…ん、ああっ」

柚木は髪を振り乱して喘《あえ》ぎ、身悶えた。

その狂態に、男たちはますます興奮し、愛撫にも熱が入る。

「やっぱ、素質ありそうじゃん。すんなり咥《くわ》え込んで、中がキュウキュウいってる」

「こっちも、カチカチだぞ」

ククッと笑う男が、固さを検分するように、指先で柚木の勃起を撫で回す。

その横で別の男が、陰嚢《いんのう》の中の二つの玉をリズミカルに揉んだ。

そのたびに制止の声が勢いをなくし、甘く掠れて震えていく。

「よせっ…う、んっ…は、あ…ぁぁ…っ」

そんな自分を否定しようと必死に首を振っても、粘膜から吸収されていく媚薬のせいか、一度悦楽を感じ始めた躰は、もう止めようがない。

しかも自身の意思とは裏腹に、柚木の内壁は柔らかく熟れて、蠢《うごめ》き回る男の指を歓迎し、絡《から》みついているのだ。

あげく、聞こえてくるグチュグチュという水音の原因まで、揶揄《やゆ》されて。

「そんなにイイのか。我慢汁がダラダラ垂れてるぜ」

ハッとして朦朧《もうろう》とする目を開けて見れば、勃起した先端の孔から先走りが溢れてきて、忙しなく動く男の手をべっとりと濡らしていた。

「あっ……あっ、こんな…っ」

浅ましい己の反応に、柚木が戦慄《わなな》く。

途端に、「よし。押さえてろ」とピアス男が言って、ズルッと指が引き抜かれた。

その感触にさえ、快感を覚えてしまう自分が信じられない。

男たちが心得たように柚木の足を抱え直して、左右に大きく割り開いた。

「うっ…ああっ」

灼熱の塊を、ひたと後孔に押し当てられて、身が竦む。

だが男はすぐには挿入せず、舌で薄い唇を舐めながら自分の肉棒を握り、その窄まりにヌルヌルと媚薬をなすりつけてくる。

その耐え難い感触に、全身の毛穴から汗が噴き出し、柚木の尻肉が震えた。

「んっ…あっ、嫌っ…嫌だ…あぁっ…」

「何が、嫌なんだ？　こうして突っ込まれるのが嫌なのか？　それとも、焦《じ》らされるのが嫌なのか」

揶揄しながら、男が怒張の先端を強く押しつけてくる。

すると、拒むように窄まっていた襞は切なげに口を開き、クプッとそれを呑み込んだ。

「はあぁぁっ…」

ドロリと皮膚の内側が溶け落ちていくような悦楽が、柚木の体内を満たしていく。

そのせいで限界まで張り詰めた屹立は、放出の瞬間を待ち侘《わ》びて、悦楽の雫《しずく》を垂らしながら首を振った。

「本当は達《い》きたくてたまんねぇんだろ？　すげーヒクヒクしてるぜ…ココが」

男がそのかしつつ、浅く抜き差しをしてくる。

そのたびに体内を駆け巡る淫欲のうねりが、柚木の思考と理性をもみくちゃにする。

柚木は血が滲むほど強く唇を噛みしめた。

達きたい。一刻も早く。

でも、こんな奴らには、死んでも屈したくない——その一心で。

「……意外に強情だな」

チッと舌打ちをして、ピアス男は柚木の双丘《そうきゅう》を鷲づかみにした。

「だったら、躰に聞くまでだ」

そして言うが早いか、今度は容赦なく腰を打ちつけてくる。

「く、う…あああっ！」

ずぶりと突き立てられ、そのまま内壁を押し開かれて、一気に奥まで穿《うが》たれた。

激しい衝撃と圧迫感に、気が遠くなる。

と同時に、限界まで焦らされていた粘膜を擦り上げられる快感に、頭の中がまっ白になり、柚木はビクビクと躰を痙攣《けいれん》させた。

「おいおい、バージンでトコロテンかよ。こいつ、マジで素質ありすぎ～」

「こんなにべっとり出しやがったぜ」

歓声と嘲笑の中、柚木は朦朧としつつ、自分が射精させられたことを知り、愕然とした。

「そんなに悦《よ》かったのか？」

「…だ…誰が…うっ、ぐうっ！」

反論しかけた口を、突然塞がれ、柚木は硬直した。

スキンヘッドが柚木の躰を跨《また》いで、昂ぶり切った男根を口内に押し込んできたのだ。

「おい」

咎《とが》めるように言うリーダーに、スキンヘッドが切羽詰まった声で呻《うめ》く。

「いいだろ、このぐらい。もう我慢できねぇんだよっ」

言うが早いか、スキンヘッドは柚木の頭をつかんで、忙しなく腰を揺すった。その背後では、達したばかりで敏感になっている柚木の後孔を、ピアス男が荒々しく犯している。

「う、うっ……んぐっ…も…やめ…っ…」

苦しい。息が詰まる。

全身がバラバラになって、頭がおかしくなってしまいそうだ。

なのに、男たちはそれでも飽き足らないとばかりに、白濁まみれの柚木の躰を撫で回してくる。

「へへ…また勃たせてるぜ、こいつ。相当な淫乱だな」

「いいぜ…たまんねぇ…」

「あんまアホ面晒すな。とっとと出せよ」

「そーそー。調子に乗ってると、嚙み切られるぞ」

「うるせぇ！　黙ってろ」

「んぅっ…やっ……ぐぇっ…んんっ！」

激しく出し入れされていた尻を、ズンッと一際深く抉られ、熱いものがドクドクッと柚木の体内に注ぎ込まれる。同時に、「うおおっ」という叫び声とともに、勢いよく口から引き抜かれた怒張が弾けて、白濁が顔にぶち撒《ま》けられた。

どろりとした粘性の液体が、頬や額を伝う感触に、吐き気が込み上げる。

「終わったんなら、早く代われっ」

興奮に上擦る声が聞こえ、ずるりと男根が引き抜かれた。と思う間もなく、芯を失ったように脱力する躰を、待ちかまえていた次の男が串刺しにする。

「ひっ…や、やめ…あううっ」

媚薬と男の放った精液のせいで、柚木の内壁は淫らに濡れそぼっている。

だが強引に突き入れられた屹立は、先刻の男のものよりも太くて硬い。

内襞がめりめりと音を立てて、引き裂かれていきそうだ。

なのにその苦痛をも、媚薬は快楽にすり替える。

もはや理性は薄れかけ、性感だけが研ぎ澄まされて、淫欲の淵に堕ちていきそうだった。

「くっ、う、あああ――っ…」

「ほら…達けよ。悦いんだろ？　達け」

無理やり欲望を扱かれ、腫れ上がった乳首をひねり潰されて、吐精を強いられる。

その躰を立て続けに揺さぶられて、分身から放たれる白濁が辺りに飛び散った。

柚木は終わりの見えない陵辱に、意識を失いかけた。

その時。

「――来たのか。志藤」

朦朧とする中、聞こえてきた声がリーダーと呼ばれていた男のものだということも、「来たのか」という言葉の意味も、柚木にはわからない。

唯一、その名前だけが柚木を覚醒させる。

――……し……ど…う…。志…藤…⁉

弾かれたように目を見開いた。

だが激しい抽挿のため、ぶれる柚木の視界に、その姿は容易に映らない。

ただ周囲の男たちとは違う誰かが、足元のほうから近づいてくることだけはわかった。

「…し…あうっ……志ど…っ……志藤っ」

柚木は男に突き上げられながらも、必死で志藤の名を呼んだ。

もし志藤なら、必ず自分を助けてくれる――それだけを一心に願って。

だが、真横まで来て立ち止まった男は、柚木の叫び声を聞いても無言のままだ。

差し込んでくる外灯の光を背にしているせいか、顔も見えない。

それでも柚木は、声を嗄《か》らして叫んだ。

「志…藤っ、んあっ、…藤っ、助け…て、う、うっ…」

遠く、雷鳴が響く中、雨はいつの間にかどしゃ降りになっていた。

その激しい雨音に掻き消されて、柚木の声が届かないのだろうか。

男は微動だにせず、その場に立ち尽くしている。

「うっ…ん、ああっ！」

一際乱暴に突かれて、男が体内で弾けた。誰のものかもわからない精液が中に放たれ、引き抜かれるのと同時にゴプッと後孔から溢れ出てくる。

「次は俺の番だ」

けれど休む間もなく、また別の男が取って代わる。

もう押さえつけていなくても、柚木に抗う力は残っていない。足首をつかまれ股を大きく割られて貫かれると、その口から「ひぃぃ…っ」と悲鳴が洩れた。

その一部始終を、男が凝視している気配がする。

「……これでよかったか？」

頭上で男の声がする。と同時に、周囲がカッと真昼のように明るくなった。

次いで、ドドーンという炸裂音が響き渡り、柚木は硬直した。

見開いた目に、稲妻の光に照らし出された男の顔が、くっきりと映ったからだ。

――志藤っ。……志藤だっ！

「ああ…これでいい」

淡々と答える男は、間違いなく志藤本人だった――その事実は、交わされた会話に疑問を持つ間も与えず、柚木を叫ばせた。

「志藤っ、助けてくれ！　志藤っ、助け…う、ぐっ」

バシッと頬を叩かれ、眼前に火花が散る。

「うるせぇ。ギャンギャン吠えるなっ。おまえはただ、よがってりゃいいんだよ」

だが、浴びせられる罵声にも怯《ひる》まず、柚木は一心不乱に志藤の名を呼んだ。

顔も、胸も、腹も、精液まみれの姿で、なおも男に犯され、勃起を強いられながら。

「嫌だっ、志藤っ、…志…藤っ、助けて…くれっ…」

けれど志藤はそんな柚木を、瞬《まばた》きもせず冷ややかな目で見下ろしているだけだ。

その顔は、まるで能面のように白く無表情で、柚木は激しく混乱する。

なぜだ？　これほど助けを求めているのに、どうして志藤は動こうとしない？

もしかして、これは幻覚……いや、夢なのか――。

失望とともに、再びフッと意識が遠のく。

それを引き戻すかのように、稲妻が光り、雷鳴が轟《とどろ》いた。

「――いいざまだな、柚木」

瞬間、柚木は凍りつく。

志藤の顔には、柚木が見たこともない酷薄な笑みが浮かんでいた。

わけがわからない。なぜ、志藤がこんなことを言うのか、こんな表情をするのか。

「…志藤…っ、おま…え、どう…やっ…ああっ、あっ…」

どうして――そう問う声が、ピッチを上げる男の抽挿に掻き消される。

柚木は男に荒々しく突き上げられ、勃起を扱かれて、何度も嬌声を上げて身悶えた。

その淫《みだ》りがましい姿を凝視しながら、志藤はさらに信じ難い言葉を吐く。

「――これはな、柚木……俺が指示して、やらせたんだ」

男がズルッと怒張を引き抜き、低く呻いて、柚木の腹の上に吐精を撒き散らす。

「なっ…あっ…あああ――っ…」

その飛沫《ひまつ》を浴びながら、柚木もまた無理やり射精を強いられた。

青白い閃光が、汚辱にまみれた柚木の姿態をあますところなく照らし出す。

——なぜだ、志藤…っ……なぜこんな……っ……。

信じられない。

信じたくない。

遠のく雷鳴は、もう柚木の耳には届かない。

薄れる意識の中、詰問《きつもん》の声は、その唇から発せられることはなかった。

◆

「そうか。もう十三年も経つのか……早いな」

そう言って志藤はクククッと喉の奥で笑い、蒼白な顔で立ち尽くしている柚木を見上げた。

だが、その瞳はけして笑ってはおらず、先刻口にした言葉を証明するかのように冷たい。

『俺は、おまえが殺したいほど憎かったんだよ』

柚木の頭の中で、その一言が際限なくリピートされる。

「……志藤…っ」

それを断ち切るように、柚木は声を絞り出した。

「おまえに……そんなにも憎まれるような、何を、俺がしたっていうんだ？」

志藤の片眉がピクリと震える。

「まさか、おまえ……本当に何も知らないのか」

知っていたら、誰が聞くものか――柚木はギリッと奥歯を噛みしめた。

あの後、結局どうやって自力でアパートに帰り着いたのか、柚木は記憶にない。数日間、発熱が続いて食事も満足にとれず、一カ月ほど大学にも行けなかった。

この十三年間、忘れようとして忘れられなかったあの悲惨な日々を思い出すたびに、どうしようもない屈辱と怒りが身の内で逆巻き、柚木は幾夜も悪夢にうなされた。

全身汗まみれで飛び起きる不快さは、あの夜の記憶を否が応でも呼び覚ます。

それでも柚木は勉学に打ち込むことで、どうにか自分を取り戻した。

でも、日が経つとともに肉体の傷は癒えたが、心の痛みは長く尾を引いて柚木を苦しませた。

そのせいで弓道もやめた。

射場《しゃじょう》に立つと、どうしても志藤のことを思い出す。すると足が震えて、弓を構えていられなくなる。それがつらかった。

だが、柚木にとって何よりもつらかったのは、あの夜、志藤が吐いた言葉の真意を確かめる術《すべ》がないことだった。

だからこそ十三年もの時を経て再会した因果から目を逸《そ》らさず、向き合おうと決意した。

――なのに…。

柚木の本気の憤りを、その眼差しに感じ取ったのだろう。

志藤は驚いたように目を見張り、そして突然、声を上げて笑い出した。

「おいおい。マジかよ。不正を暴いて真実を明らかにするのが、検事の仕事だろ。なのに自分の足元が腐ってることにも気づいてないって、冗談にもほどがあるんじゃないのか」

「なんだと…。どういう意味だ、それは」

語気を強める柚木に、志藤はさらにおかしそうに肩を揺らす。

「ったく、笑わせるぜ。さすがボンボンのエリート検事さんは違うねぇ」

「志藤っ」

柚木は思わず志藤の襟元をつかみ上げた。

だが、志藤は無抵抗でされるがままになりながら、なおも柚木をせせら笑う。

「いいのかよ。エリート検事が容疑者に暴力を振るって供述を迫っても。それとも何か? 俺がブザーを鳴らして、助けを呼んでもいいのか」

柚木は息を詰めた。

でもそれは、志藤の言葉にではない。

間近の彼の瞳の中に、憎悪に縁取られた、真っ暗な闇が見えたからだ。

柚木は志藤を突き放した。そして顔を背け、低く言う。

「……俺はただ、知りたいだけだ。……本当のことを」

何がおまえをそんなふうに変えたのか。

自分たちの間に、なぜこんなにも大きな隔たりができてしまったのかを。

「……だったら、教えてやる」

柚木は弾かれたように視線を戻した。

志藤はもう笑ってはおらず、代わりに凍りつくような鋭い眼差しを柚木に向けてきた。

「——柚木。おまえの親父は、人殺しだ」

ひゅっと喉が鳴った。返答はおろか、声すらとっさに出ない。

どんな事態に遭遇《そうぐう》しようが冷静沈着、即時対応しなければならない検事の職に在っても、それはあまりに受け入れ難い言葉だった。

その反応を予期していたかのように、志藤が畳みかける。

「俺の親父も、おふくろも、姉さんも、殺されたんだ。おまえの父親……柚木忠貴《ゆずきただたか》に」

「い……言いがかりも大概にしろっ。なんの根拠があって、そんな…」

「ビルから飛び降りる直前、親父は電話越しに俺に言った」

さえぎるように言われた言葉に、ドキンと心臓が鳴る。

何を…と問う間もなかった。

「——柚木の罠《わな》に嵌《は》められた…ってな」

柚木は絶句した。

その顔を、志藤は椅子から身を乗り出し、見上げて言う。

「顧客に絶対に儲かるとインサイダー取引を持ちかけ、大損をさせて、闇金から借金…。もちろん、おまえも覚えてるだろ、あの事件？　あの時、インサイダー取引を親父に勧めたのが、おまえの父親…柚木忠貴だ。もちろん、自分は直接関わらないよう裏で画策していたらしいがな。親父はその陰謀に、まんまと嵌められたのさ」

「…まさか…。なんのために、父がそんなことを…」

「重役の席が欲しかったからに決まってるだろ」

当然のように言われて、柚木はハッとする。

その当時、確かに柚木の父と志藤の父親は、対立関係にあった。

柚木と志藤が大学へ進学する頃までは、共にやり手の部長として一目置かれる存在だったのだが、事件の半年前あたりから、重役の席を争っているとのことで、母から「お父さん、大変らしいわよ」と聞いた覚えがある。

「あの事件から三カ月後、柚木部長は役員会、満場一致で取締役常務に就任した。それまで実力や人気、支持する役員の数まで拮抗《きっこう》していた志藤部長が、死んだお陰でな。いや…違う…。邪魔者を殺したせいで、だ」

言いながら、ゆらりと椅子から立ち上がる志藤に、柚木は思わず一歩退く。

そして、呆然としつつも、首を横に振る。

すぐには信じ難い…否、軽々しく鵜呑みにはできない話だと思ったからだ。

「嘘だ…。どこにそんな証拠がある」

言った途端、志藤の目がスゥ…ッと細くすがめられた。

柚木の全身に鳥肌が立つ。

それは、あの男たちを思い起こさせる、陰惨な光を宿す眼差しだった。

「血は争えないな……柚木。おまえも、父親と同じことを言う」

「なっ…」

「あの夜、親父がビルから飛び降りた後、俺はおまえに電話をする前に、柚木忠貴に会いに行った。真相を質し、場合によっては刺し違える覚悟で、ナイフまで持参してな」

「刺し違えるって……会社へ行ったのか？」

「ああ。そうしたら、言われたよ。『どこにそんな証拠がある』ってな」

息を呑む柚木に、口端を歪めて笑う志藤が、また一歩ジリッ…と間合いを詰める。

まるで弓を手に、射場へ踏み出す時の歩みのように。

髪の色も、表情も、口調も、何もかもがあの頃の志藤とは別人のように違うのに、その歩調だけは少しも変わらない。

柚木は青ざめた顔でそれを凝視しながら、後ずさった。

「しかもあいつは、親父が自殺したと言っても、顔色一つ変えなかった。その上、『きみもご両親を一度に亡くされて大変だろう』と、さも哀れそうに言って、部下に持ってこさせた札束を俺に差し出した。もちろん、食ってかかる俺を部下に押さえつけさせてな」

「…そん…な…」

「百万だ。『香典代わりだ。遠慮なく持っていきたまえ』。あいつはそう言って、俺を叩き出した。その時の俺の気持ちが、柚木、おまえにわかるか！」

なおも詰め寄る志藤に、柚木の脚が背後の執務机にぶつかる。もう後はない。

柚木は呆然としたまま机に手をつき、固まった。

次々語られる衝撃的な話に、正直頭がついてこない。

その襟元を志藤がグッと鷲づかみにして、顔を近づけた。

「なぁ…柚木…笑えるだろう？　家族三人の命の対価が、たったの百万だぜ」

間近に迫る、無精髭が目立つ痩けた頬。ギラギラと強い光を放つ瞳。

それは、ほつれた長い前髪が影を落としているせいで、さらに険悪さが増して見えた。

「その金を、いったい俺はどうしたと思う？」

志藤の手に力が込められ、首元を絞め上げられる。

「放せ…っ」

その苦しさに、柚木は志藤の腕をつかむが、びくともしない。

「本当はその場で唾を吐きかけて、あいつに叩き返してやりたかった。でも、俺はそうしなかった。もっと有意義な使用方法が、ひらめいたからだ」

ピクッと頬が引きつる。

有意義な使用方法――その言葉に、柚木は力任せに志藤の手を薙ぎ払った。

「志藤っ……まさか、おまえ…あうっ！」

逆手を取られ、捻られて、ダンッと机の上に腹這いでねじ伏せられる。

「ようやく頭に血が巡ってきたみたいだな、エリート検事さん」

頭上からゾッとするような冷笑が聞こえた。

「あいつら、小躍りして喜んでたぜ。何せ、男を犯すのが趣味の奴らだからな。あげく、百万ももらえるなんて夢じゃないか、ってな」

「志藤っ…おまえ、本当にそんなことをっ…」

「言っただろう。これは俺が指示してやらせたんだって」

肩越しに振り返ると同時に、柚木は凍りついた。

志藤が飢えた獣のような目をして覆い被さり、スルリと前へ手を滑らせてきたからだ。

「でも本当は、こうして俺が、この手でいたぶりたかった」

「なっ…、何をする気っ…ああっ」

ズボン越しに股間を握り込まれ、反動で腰が後ろに引けた。

そこに、グリッと固いものを押しつけられて、柚木は硬直する。

「ここに突っ込んで、思う存分、俺が犯してやりたかった」

おぞましいその感触に、身の毛がよだつ。

「でも、それじゃ生温《なまぬる》いからな。だから連中に、おまえを輪姦《まわ》すよう頼んだんだ」

好色げに笑いながら、次々襲いかかってくる男たちの顔や手が、フラッシュバックする。

「…よせっ……志藤、やめろっ……やめてくれ――っ！」

それを振り払うように叫んで、柚木は暴れた。

嘘だ。信じられない。ここで、こんなことをしてくる男は、いったい誰だ？

本当に志藤なのか？　別人ではないのか？

だが、布越しの尻の割れ目にくっきりと隆起したものを密着させ、腰をくねらせながら背後で笑う男は、間違いなくかつて自分の親友だった志藤孝一郎、本人だ。

「…どうしてだ…っ…志藤…、なぜ、こんなっ…」

「なぜ？　当然だろう。これは復讐だぜ、柚木」

平然と言いながら志藤は躰を倒し、柚木の背中にのしかかると、ベルトに手をかけた。

「おまえの父親は、俺の大切なものをすべて叩き壊し、めちゃくちゃにした。家族の命も、俺の人生も、何もかもな。だから俺も、あいつの大事な一人息子をめちゃくちゃにしてやろうと思った。殺すよりも、もっと手ひどい方法で」

バックルを外され、ファスナーも下げられて、志藤の手が下着の中に潜《もぐ》り込む。

分身を直に握られると、柚木の躰がビクンと震えた。

「よせっ…志藤、触る…なっ…」

「でも、意外におまえはタフだったらしいな。こんな立派な検事になって…。そんなおまえの姿を見たら、あの頃の気持ちにまた火が点いた。いや、あの時以上に我慢がならなくなった。手錠を外すなんてバカな情けをかけるから、余計にな」

「…やめ…く、うっ…」

やわやわと揉み込まれ、表皮を擦り上げられて、不快感に吐き気がした。

嫌だ。躰が思い出す。

あの夜の陵辱の記憶を。

それが恐くて、柚木はなんとかして逃れようと、両手を振り回した。

だが、痺れて使いものにならない手は執務机を徒《いたずら》に引っ掻くだけで、緊急ブザーにも届かない。しかも志藤はあの男たちと同じように、組み敷いた獲物を引き裂こうと舌舐めずりをして、雄の欲望を滾《たぎ》らせているのだ。

悪夢としかいいようがない。

文武両道に優れ、颯爽《さっそう》として男らしく、頼り甲斐のある自慢の親友だった志藤。

白い弓道着と黒袴に身を包み、弓を構える姿はストイックな魅力に溢れ、いつも女子生徒たちの人気の的だった――その面影が今、粉々に砕けていく。

「あ、あっ…嫌だ…っ……う…うぅっ…」

何度も無理やり扱かれているうちに、ズボンが足元にずり落ちる。

次いで志藤はグイッと下着も引き下げ、柚木の臀部を剝き出しにした。

「いい尻だな……犯し甲斐があるぜ」

検分するように丸みを撫でられ、恥辱と嫌悪に躰がブルブルと震える。

「よせっ…」

それを阻止しようと手を伸ばすが、満足に力が入らない。

「今さらカマトトぶるなよ。男に犯られて、あんなによがってたのは、どこのどいつだ?」

「なっ…」

「上にも下にも突っ込まれて、何度も達きまくってたくせに」

「あれは…違…んんっ…」

敏感な括れの部分を指の腹で擦られ、ゾクッと背筋に悪寒が走る。

それを察知したかのように的確に揉み込まれて、柚木の躰にとうとう火が点いた。

「ああ…いい具合に、勃ってきたじゃねぇか。今に、ここからダラダラ涎を垂らすんだよな?

おまえもあれで、すっかり癖になったんだろ」

「ひっ…ああっ」

芯を持ち始めた分身の先端を指先でグリグリと抉られ、痛みに目が眩む。

しかも、今度は焦らすようにソフトタッチで揉まれて、勃起はさらに進んだ。

それは直接的な刺激に弱い男の肉体を熟知した、容赦のない愛撫だ。

「やっ…やめ…、…嫌…だっ」

柚木は机に爪を立て、頭を左右に振った。

そのせいで、さらりとした黒髪が乱れて、苦悶に歪む白い顔に影を落とす。

そのさまを嘲笑しながら、志藤は再び背後から躰を倒してきた。

「ったく、昔はこの見てくれにコロッと騙されてたぜ。清廉潔白なおぼっちゃまだと思ってたのに、こんな好きものだったなんてな…。あの頃は知る由もなかった」

耳元で貶《おとし》めるように言いながら、志藤が緩急をつけた手管で、柚木を追い上げてくる。

そのたびに狂おしい感覚が躰を突き抜け、熱い血が下腹に集結していくのがわかった。

それが忌まわしい。

感じたくないのに、感じさせられる苦痛。

自分の執務室で、不埒《ふらち》な行為をされる屈辱。

そして、それらを招き入れてしまった己の迂闊《うかつ》さに、柚木は唇を噛みしめた。

しかも、志藤はそれを見透かしたかのように、擦り上げるピッチを速めてくる。

先端の孔から滲み出てきた先走りを幹に塗りつけ、わざと卑猥な音を立てながら柚木の反応を楽しんでいるのだ。

「く…ぅっ……ん、っ、…い…やだっ…んっ、やめ…っ」

それが嫌で、柚木は懸命に身を捩る。

だが、竦んでしまっている躰を背後から押さえつけられていては、どうしようもない。

やがて水音は、くちゅくちゅとあからさまなものに変化し、溢れ出る液体は柚木が腰を揺らすたび、ポタポタと床を濡らした。

「いい格好だな…柚木。そんなにイイのか？　あの夜も、てっきり流血沙汰で気絶してるとばかり思ってたのに、行ってみたら、男を咥え込んでケツを振ってやがる。正直、これじゃ復讐にならないんじゃないのかと思ったぜ」

「…ちっ…違…ああっ」

違う。あれは媚薬を使われたせいだ――とっさにそう言いかけて言えず、柚木は無理やり与えられる苦しい快感に喘いだ。

でも、たとえ言ったところで、なんになるのか。

憎悪を剝き出しにして柚木を辱めてくる志藤に、聞く耳があるとは思えない。

それに、今の志藤の罵言《ばげん》に、柚木は改めて思い知る。

彼があの夜、蹂躙《じゅうりん》されている自分を助けもせず、傍観していたことを。

「そういや、おまえ、顔射も好きだったか。あの時、べっとり顔にかけられて我慢し切れず、撒き散らしてたものな」

そう言ってククッと喉で笑う志藤に立て続けに扱き上げられ、柚木はなんとかしてそれを阻止しようと、必死でもがいた。

耐えられない。こんなふうに蔑《さげす》まれながら、射精をさせられるのは。

だが、柚木の意思とは裏腹に、ドクドクと脈打つものは確実に臨界点を目指していて。

「ほら…イイんだろう？　とっとと達けよ。このド淫乱がっ」

ギュッと絞り込むように扱かれて、柚木はのけ反った。

「くっ…あああっ！」

ビクビクと躰を痙攣させ、放つ白濁が志藤の手をぐっしょりと濡らす。

吐精の快感は鋭く…だが重く、柚木の躰と思考を濁らせていく。

柚木は目を閉じ、はぁはぁと荒い息をついて、ぐったりと執務机に突っ伏した。

その耳に、志藤の低く掠れた声が聞こえた。

「――柚木……おまえ結婚したのか」

わずかに驚愕を感じさせる声音に、ハッとして目を開ける。

志藤が、執務机の上で握りしめられている柚木の左手を凝視している気配がした。

その薬指には、確かに指輪が嵌められている。

だが志藤は柚木が答えようと答えまいと、どうでもいいように続ける。

「そうか…結婚したのか。いや…よく結婚できたな、と言うべきだな」

「なんだと…っ、んうっ、あっ……っ」

聞き捨てならないその言葉に、顔を背後に向けた途端、柚木は息を詰めた。

志藤が柚木の腰を引き寄せ、尻の狭間にぬるり…と指を這わせてきたからだ。

しかも、膝までずり落ちていた柚木のズボンと下着を足で踏みつけながら、左足をグイッとすくい上げたせいで靴が脱げる。

「なっ…よせっ、志藤っ」

そのまま左足を机の上に乗せられ、カッと全身が羞恥に燃え立った。

「…いい眺めだぜ。こうすると、エリート検事の何もかもが丸見えだ。入口の赤い襞も、キュッと窄《すぼ》まる様子も……ああ、玉が縮こまっているのも見える」

暴かれた秘部に志藤の強い視線を感じて、激しい恥辱にどうにかなりそうになる。

あげく志藤は、何かねっとりとしたものを狭間に塗り込めてくる。

それが先刻、自分が放った精液だと気がついた時には、ズブリと指が突き入れられていて。

「ひっ…ああっ！　やめっ…や、…くぅぅっ…」

後孔に異物をねじ込まれる苦痛が、陵辱の恐怖を生々しくよみがえらせる。

柚木は机を掻きむしるようにして、なんとか抵抗しようと暴れた。

見知らぬ男たちに代わる代わる貫かれ、汚辱を浴びせられる——あれほどの地獄は、この世に存在しないと思った。

だが今、かつては絶対的な信頼を寄せていた親友に犯される、この悪夢はどうだろう。

「こんな躰で、よくも女が抱けたな。俺の指を美味そうに咥え込んで、物欲しげにヒクつかせやがって」

「ん…うっ、ああっ」

じわじわと最奥まで到達した指が、グルッと円を描くように内壁を抉る。

その感触に、自分の躰が志藤の言うとおりに反応して、柚木は目の前が真っ暗になった。

「やっぱりな。本当は、男なしじゃいられない躰なんだろ。なのに、どうやって女を満足させてるんだ？」

志藤が薄く笑い、乱暴に中を掻き混ぜる。

そのたびに収斂《しゅうれん》する柚木の内部は、けして志藤の行為を悦んで受け入れているわけではない。

柚木の意思と同様に、自分を犯すものを拒み、逆らおうとしているだけなのだ。

でもそれは、志藤には通じない。

ぐちゅぐちゅと指を抜き差しするスピードを速め、柚木が苦悶に呻く姿を淫らゆえだと解釈して、蔑んでくる。

「ああ、そうか。おまえが女に、バイブや張り型を突っ込んでもらってるのか。ペニバンつけて、男を犯りたがる趣味の女もいるしな。割れ鍋に綴じ蓋夫婦…ってか」

「い…いい加減にっ…、んっ、ああっ…」

ハハハと高笑いする志藤に、言い返してやりたくても、言葉すら満足に出せない。

「でも、本当は生身の男がいいんじゃないのか。正直に言えよ…なぁ、柚木。それとも、もうすでに陰で男を食ってるか」

「あうっ……んんっ」

ズルッといきなり指を引き抜かれる衝撃に、息が詰まる。さんざん擦られて充血している内襞が、外側にめくれて引っ張られ、じくじくと熱を持ったように疼いた。

そこを凝視する男の気配に、鳥肌が立つ。志藤が柚木の左足を机に押さえつけたまま、背後から覆い被さってきた。

「あ、いっ…嫌だっ…、やめろ…っ」

押し当てられた途端、あまりの熱さと固さに血の気が引き、躰が硬直した。

吸い込んだ息がヒュッと喉を鳴らし、全身に冷たい汗が噴き出す。

それにかまわず志藤は怒張の先端を、柚木の窄まりにぬるぬると擦りつけてきた。

「くっ、うあああっ…」

灼熱の塊が、メリメリと音を立てて肉を割り、突き進んでくる。

脳天を貫くような激痛が走り、一瞬、意識が飛びかけた。

それを、志藤の低い声が引き戻す。

「……意外にきつぃな…。ここしばらくは使ってなかったのか」

問われても答えられるはずがない。

柚木の肉襞が限界まで押し開かれて、苦痛に悲鳴を上げている。なのに志藤が動かないでいると、挿入されたものの形にじわじわと内壁が慣れていくのがわかるのだ。

そのおぞましい感覚に、目眩と吐き気がする。この後、躰を串刺しにしている凶器《それ》で、何度も繰り返し引き裂かれるのかと思うと、恐怖と絶望で尻の筋肉がぴくぴくと引きつった。

「いや…そんなわけねぇな」

それをどう取ったのか、志藤が尻の肉を鷲づかみにして冷笑する。

「これだけ男を誘い込むように、いやらしくココが反応するんだ。それに、三十すぎてもこの美貌なんだからな。相手にはこと欠かないだろうよ」

非情にもそう言うと、志藤はいきなり柚木を揺すり上げてきた。

「ひっ…ううっ」

奥の奥までぎっしり埋め込まれ、勢いよく引き抜かれて、再び乱暴に粘膜を擦り上げられる。

そのたびに目がかすみ、口から掠れた喘ぎが洩れた。

「やっ…やめっ、志ど……や、あぁっ…志…藤っ…」

だが、いくら叫んでも、懇願の声は届かない。

体内を出入りするものからも、柚木に対する強い憎悪の念が痛いほど伝わってくる。

志藤はそれを己の肉欲に変えて、ひたすら叩きつけてくるだけだ。

「せいぜい俺も楽しませてもらうぜ……検事さん」

言いながら志藤がぐぅっと躰を重ねてくる。

そのせいで突かれる角度が変わり、挿入がさらに深くなった。

「ひぃぃっ…あ、ぁぁ…っ」

繰り返される荒々しい抜き差しの中、受け止め切れない衝撃と疼痛に、柚木の唇から悲鳴が洩れる。それをグチュグチュと中を掻き混ぜる淫猥な音と、肉と肉がぶつかり合う乾いた音が、掻き消していく。

逃れたくても逃れられない。

いや、逃れたいと思う間もなく、奈落の底に引きずり込まれていく。

「やあっ……も…っ、もう…っ、あぁっ…」

もうやめてくれ――だが、一心に願うその思いは、もっとも残酷な形で成就される。

「そんなにせがむな。今…たっぷり中に出してやる」

劣情もあらわな掠れ声が聞こえ、耳朶《じだ》をベロリと舐め上げられた。

と同時に抽挿のピッチが速まり、柚木の躰が執務机の上で前後に激しく揺さぶられる。

「や、あっ…やめ、やあぁっ…!」

ズンッと最奥を突き上げられ、灼熱の飛沫が放たれる。

その感触に、躰が内側からドロリと溶けていくような気がして、柚木はガクガクと激しく痙攣した。

だが、悪夢の時間はまだ終わらない。

吐精したことが嘘のように志藤の欲望は硬度を保っており、熱く脈打っている。

それをゆっくりと引き出され、再び奥まで突き入れられると、中に放出されたものが、ぐぷっ…と淫猥な音を立てて溢れ、柚木の秘部を濡らした。

「今度は遠慮せず、おまえも一緒に出せよ……なぁ、柚木」

悪魔の囁きが、鼓膜を震わせる。

志藤は再び淫らに腰を揺すりながら、柚木の股間に手を滑らせてきた。

――志藤っ…。

柚木は目を閉じ、血が滲むほどきつく唇を噛みしめた。

そこにはもう肩を抱き合い、勝利を分かち合った友の片鱗《へんりん》は微塵《みじん》もなかった。

2

関東高等学校弓道大会、男子団体戦決勝。

爽やかな風が渡る、晴天の下。

「では、これより同中競射《どうちゅうきょうしゃ》にて、決勝戦を行います。両校入場してください」

審判の声が響くと、射場がシン…と静まり返った。

途端に蟬《せみ》の鳴き声もピタリと止まり、辺りの空気が一気に張り詰める。

その中を、柚木は深呼吸をして袴《はかま》の裾《すそ》を払い、足を踏み出した。

決勝戦は両校とも五人ずつで戦われ、選手が一本ずつ矢を放ち、勝負を決定する。

一射入魂——その一矢に自身のすべてを込める。弓道の奥義だ。

一礼し、大前《おおまえ》と呼ばれる先頭の選手から二的《にてき》、中《なか》、落前《おちまえ》、落《おち》と、順番に射位に進み出て構える。

柚木は四番目の落前、志藤は最後の落を務めている。

弓を返して矢をつがえ、握り込み、引き絞り、そして放つ。

後は矢が的中するか、しないか——勝敗はそれだけで決まる。

だが、弓は単純なようでいて難しい。

自身の精神が少しでも揺らぐと、すぐにそれが結果に表れる。

だから射場では、常に無心でいなければならない。なのに、柚木は勝ちを意識した。

――よし。ここで俺が外さなければ、優勝だ！

それがいけなかった。

息を詰め、柚木はキリキリと弦を引き絞った。

と、静寂の中、ひらり…と白いものが目の前を舞った。

それは白い蝶だった。

だが、そうと認識した途端、柚木の体勢は微妙に崩れ、放たれた矢は鈍い音を立てて飛んで、的から大きく逸れたあずちに突き刺さった。

しまった、と思った瞬間、背中に冷たい汗がドッと噴き出し、鼓動が跳ね上がった。

柚木は予選からここまで皆中《かいちゅう》で、一本も外していない。

それだけに動揺は大きく、残身《ざんしん》の姿勢を保つのが精一杯だった。

その背に、志藤の声が聞こえたような気がした。

『落ち着け、柚木。大丈夫だ。俺に任せろ』

それは実際は発せられない、無言の響き。

だが、何より頼もしい友の声だった。

背後ではすでに志藤が弓を振りかぶり、自分の躰に引きつけている気配がする。

そこから充分な気合いと、静かな闘志が伝わってくる気がした。

――志藤、頼む。決めてくれ！

刹那、その願いを叶えるべく鋭い弦音が聞こえ、空を切るように矢が放たれた。

観客席から、大きな拍手と歓声が上がった。


会場から控え室に戻るなり、右手から弽《ゆがけ》も外さず飛びつく柚木を、志藤が苦笑交じりに抱きとめる。

「やったな、志藤!」

「ったく。ハラハラさせやがって」

そう言いながらも、志藤の口調はけして怒ってはいない。むしろ、ここ一番という場面で柚木に頼られたことが伝わり、喜んでいる感じすらする。

そんな二人を、弓道部の部員たちや監督も優勝の喜びに興奮して、取り囲んでくる。

「ほんとだぞ、柚木。いきなりあそこで外すなよ~。ひやひやしたぜ」

「まぁ、絶対に志藤が決めてくれると思ってたけどな。心臓に悪いって」

「しっかし、最後で的心《てきしん》だなんて、すげーよ、志藤」

「いやいや、予選からずっと皆中できた柚木も、たいしたものだ」

「ホントホント。柚木が的中するたび、会場がどよめいてたし」

「…にしても、こいつは落差が激しすぎる。後ろで見ていて、俺はいつも冷や汗ものだ」

皆が口々に褒《ほ》め称《たた》える中、志藤が嘆息交じりに言う。

それにムッとして、柚木は志藤から躰を離し、言い返した。

「志藤、おまえ一言多いっての。みんながせっかく褒めてくれてるのに」

「おまえのことだ。また勝ちに急いだんだろ。ったく、せっかち野郎が。もう少し落ち着けって、いつも言ってるのに」

「うるさいな。おまえが落ち着きすぎなんだよ。若年寄りが」

二人の応酬に、周囲がドッと笑いに包まれる。

今では親友で通っている二人だが、中学時代は顔を合わせれば火花を散らし合うライバルだったせいで、こうして時々、辛辣《しんらつ》な言葉を投げ合うことがある。でもそれは、自分が志藤に、そして志藤も自分に、絶対的な信頼を寄せているからできることなのだと柚木は思っている。

だから、図星を指されても本気で腹は立たない。

むしろ、きっとこいつとはこうやって一生付き合っていくんだろうなと…嬉しくすらなった。

「……で。いったい、あの時、何に気を取られたんだ?」

表彰式のアナウンスがかかり、周囲がざわつく中、志藤が整列しながら声をひそめて柚木に聞いてきた。柚木は目を見張った。

やはり志藤は気づいていたのだ。

射場では無念無想、よそ見などもってのほか！　が口癖の監督の手前、さっきはわざとああ言って流してくれたのだろう。

――やっぱり、こいつには敵わないな…。

そう思いながら、柚木は正直にそれを口にした。

「蝶だよ」

「…蝶?」

「モンシロ蝶が飛んできたんだ。だから、つい集中が途切れて…」

「ああ。あれか」

「えっ…。あれか、って…志藤。まさかおまえも気づいたのか?」

それなのに動じず、的のど真ん中を射抜いたというのか――驚く柚木に、志藤は「ああ」とうなずき、さらに驚愕することを口にする。

「でも、あれは違う。蝶じゃない」

「蝶じゃない? だったら、なんなんだ?」

「――蛾だ」

◆

ハッとして目を開けた柚木は、今、自分がどこにいるのか一瞬わからなかった。

辺りは薄暗く、自分の手元だけがライトに照らされて眩しい。

それに目を細めながら、柚木は机の上で開かれたノートパソコンが、作りかけの調書の画面を映し出しているのを見て、ようやくここが自分の執務室であることを認識する。

夢を見ていたのだ、自分は。

もう何度見たか知れやしない、高校時代の決勝戦の夢を。

だが、目覚めてみれば、志藤と自分が信頼と友情で固く結ばれていたあの日々はもう遠く、粉々に砕け散った親友の面影は、胸に鋭く突き刺さったままで。

柚木は椅子の背もたれに寄りかかり、深く息をついた。

その途端、下半身にズキンと鈍い痛みを感じて、柚木は顔をしかめる。

あの後――柚木を蹂躙したことに満足したのか、志藤は平然と椅子に座り、されるがままに手錠をかけられ、留置所へ連れ戻されて行った。

事務官の永森は、明らかに顔色の悪い柚木が「一時間ほど席を空けてくれ」と言うのに対して、無言でうなずき、執務室を出て行った。

柚木と志藤の間で何かがあったことは明白だったし、ことなかれ主義の永森も、さすがにもの問いたげな顔はしていたが、余計な口出しをせずにいてくれたのはありがたかった。

だがそのせいで午後の作業が大幅に遅れてしまい、柚木は永森を定時で上がらせた後、一人で残業をしていたのだった。

「……コーヒーでも飲むか。眠気覚ましに」

そう独りごちてみるものの、柚木は動く気にはなれなかった。

その目に、緑色のライトがチカチカと点滅している携帯が映る。

柚木は急いでそれを手に取り、中を確認する。

メールが二件届いていた。マナーモードにしていたために、気づかなかったのだろう。

柚木は発信者を確認したところで固まった。

メールはどちらも、妻の冴子《さえこ》からだった。

『お仕事忙しそうね。返信がないので、予約しておいたお店にはお友達と行きます』

なんということはない端的な文章だが、それだけに冴子の憤りが伝わってくるような気がした。今夜は、先日急な仕事で潰れてしまった結婚記念日の埋め合わせに、レストランを予約しておいたのだ。それをすっかり失念していた。

だが、柚木はすぐに電話をかけようとして、やめた。着信時刻を見れば、すでに一時間近くが経過している。今さら電話しても、友人と食事中の冴子の迷惑になるだけだ。

それに返ってくる言葉は決まっている。

『いつものことだし、別に気にしていないわ』

柚木は、簡潔な謝罪文をメールして、パタンと携帯を閉じた。

正直なところ、柚木は安堵していた。こんなことがあった後で、冴子と向かい合って食事をする気にはなれなかったからだ。

柚木はコーヒーを淹《い》れるべく、躰の痛みを堪《こら》えて、ゆっくりと椅子から立ち上がった。

そしてベスト姿のまま、ネクタイのノットを緩め、窓際の棚の側に歩み寄る。

冴子とは、三年前に上司の紹介で見合いをして結婚した。いずれ中央で活躍する気なら、検事という特殊な職業を理解してくれる女性を妻にするべきだと、強く勧められたのだ。

それに例の事件から十年、気持ちを切り替えるいいチャンスだとも思った。

もちろん、それまでも何度か女性とは付き合ってきた。柚木の涼しげで整った容貌に惹かれる女性は少なくなく、向こうから交際を求められることも多かったからだ。

ただ、誰と付き合ってもあまり長続きはしない。それは柚木が恋愛にはあまり熱くなれない性質だったからかもしれない。何しろ柚木は学生時代から、女の子と付き合うよりも、志藤と一緒に弓を引いて競い合っていることのほうを好んだのだ。

無論、友情と恋愛感情は別ものだということは理解している。

だが、柚木は後にも先にも、あの頃の志藤以上に自分を熱くする人間には出会ったことがなかった。

それに女性と長続きしないのは、仕事が忙しすぎることも大きな原因だった。

その点、冴子は上司の言葉どおり、柚木の多忙に理解を示し、文句も言わずに自分で趣味を見つけて出歩く手のかからない妻だった。けれどその分、夫婦関係も淡泊になりがちで、最近では一緒に出かけることも減り、共通の話題も少なくなっていた。

柚木はコーヒーサーバーをセットして、ふっ…と息をついた。

そして自分の薬指に光る指輪を見つめ、唇を噛みしめる。

『――柚木……おまえ結婚したのか』

低く掠れた志藤の声が、耳の奥でよみがえった。

『こんな躰で、よくも女が抱けたな』

次いで躰の中を乱暴に掻き回される生々しい感触が思い出され、ブルッと躰が震える。

志藤は冷徹な声と容赦のない言葉で、柚木を躰ごと心までいたぶった。

かつて信頼と親愛に満ちていた眼差しは、剝き出しの憎悪に染まっており、その酷薄さはあの男たちを凌ぐほどに柚木を激しく打ちのめした。

『当然だろう。これは復讐だぜ、柚木』

志藤は言った。自分の家族も家も未来も…何もかもを奪い、狂わせ、地獄へ突き落としたのは柚木の父親だと。

だから、柚木を輪姦《まわ》させた。

志藤には、殺された家族の無念や恨みを晴らす方法が、それしかなかったから。

あげく志藤は柚木と再会して、あの頃の気持ちが再燃したと…あの時以上に我慢がならなくなったと言いながら、柚木を陵辱したのだ。

今度は、自分自身の手で。

「……でも、本当に……そこまでのことを、親父が…」

絞り出すように呟いて、柚木は取り出したコーヒーカップをきつく握りしめた。

確かに父はあの事件の後、常務に昇進し、今では取締役専務となり、社内での地位は盤石なものとなっている。

ここ一年は海外出張も多く、次期副社長との声も高いと聞いた。今日も先刻連絡を取ったのだが、スイス支社へ赴いているとのことで電話は繋がらなかった。

だが、そうやって出世街道を上るために、父は裏で策略を巡らせて、志藤の父親を…そして家族を破滅させたというのか？

当時、息子の和鷹が検事を目指して勉強していることを知りながら、何食わぬ顔で悪事を働いていたと？

「…まさか…。信じられない…」

でも、だからといって、志藤の言うことも柚木には全否定はできない。

事実、志藤の人生は、あの事件を境に大きく狂わされたのだから。

『──柚木。おまえの親父は、人殺しだ』

思い出される昏い声音に、心が凍《こご》えるように冷えていく。

柚木はコーヒーサーバーを手にすると、カップにコーヒーを注いだ。そして立ち上る温かな湯気にホッと息をつき、窓のブラインドを降ろそうと、レバーに手をかける。

その途端、机の上で携帯電話のバイブレーションが作動した。

きっと冴子からだろう──柚木はコーヒーカップをそのままにして机に歩み寄り、携帯に手を伸ばした。

だが、ディスプレイに表示されているのは『柚木忠貴』、父の名前だった。

「はい」

急いで携帯を耳に当てると、上機嫌な父の声が聞こえてきた。

『和鷹か？　しばらくだな。どうした。電話をかけてくるなんて、珍しいじゃないか』

「すみません。お忙しいところ。まさか海外出張とは思わなかったもので」

『いや、別に構わない。こっちはちょうど昼になったところだ。でもそっちは夜だろう。もう家に帰ってるのか』

「いえ、まだ地検です。実は、確かめたいことがあって電話したんです」

『確かめたいこと？　なんだ。物々しい声だな。まぁ、職場からなら仕方がないか』

苦笑しながらそう言う父に、柚木は自分が担当している裁判の判決が下される時よりも、はるかに緊張していることを自覚する。

「単刀直入に聞きます。十三年前のインサイダー取引事件…覚えていますよね？　志藤部長が自殺したあの一件、父さんが関与していたというのは本当ですか」

深呼吸をして一気に口にした途端、電話の向こうで父が息を呑む気配がした。

『……いきなり、何を言い出すんだ』

「当時、志藤部長に嘘のインサイダー情報を与え、莫大な損失を被らせて失脚させた。それを裏で画策したのが、柚木部長…父さんだという話を聞いたんです」

『バカな…。いったい誰がそんなことを…』

「志藤です」

『志藤⁉』

「ええ。志藤孝一郎です。亡くなった志藤部長の長男で、わたしの友人だった男です。話は彼から直接聞きました。事件後、行方不明になっていましたが、十三年ぶりにばったり再会したんです」

そこまで言うと、父は押し黙った。

携帯を持つ柚木の手が、じわり…と汗ばむ。

被疑者が相手ならば、柚木ももっと駆け引きを講じた取り調べができるだろう。脅し、宥《なだ》めすかし、突き放して沈黙し、そうやって揺さぶりをかけることで、今までも数え切れないほど被疑者から供述を搾り取ってきた。だからこそ、志藤のような揶揄ではなく、本当の意味でエリート検事と呼ばれるようにもなったのだ。

だが、相手が肉親となれば、さすがに勝手が違う。どうしても、信じたいという気持ちが心に生じる。けれど父を信じれば、志藤を否定せざるを得なくなり、逆に志藤の言うことを信じれば、父を疑わねばならなくなる。

そのジレンマに、柚木は今、激しく苛《さいな》まれていた。

『……そうか。志藤の息子が…。それは奇遇だったな』

ややあって父は嘆息交じりに言った。

『和鷹、おまえが彼に、何をどう聞かされたのかは知らないが、わたしはあの事件にはなんら関わってはいない。心配は無用だ』

「でも志藤は、父さんの陰謀だと信じ込んでいます。今でも深く恨みに思うほど」

『今でも、だと？　ったく、言いがかりもはなはだしい』

父は憤慨するように言った。

『もし、それが事実なら、とうの昔にわたしは失脚しているはずだ。でも、そうならないのは、なぜだ？　それを立証する証拠がないからだろうが。それとも、今になって何か証拠でも見つかったと、彼が言ってるのか』

「…いいえ。そうではありません」

『だったら案ずるな。無論わたしとて、事件には一切関与していないと証明できるものは何もない。でも、すべてはもう過去のことだ。今さらどうなるものでもなかろう』

ぴしゃりと言い切る父に、柚木は複雑な気持ちになる。父は、息子が自分の身を案じて電話をかけてきたのだと思って、その懸念を払おうとしてくれているのだ。

でも、それがかえって詭弁《きべん》に聞こえてしまうのは、なぜなのか。

「……ええ。確かにそうです。どんな事件でも、証拠が揃わなければ、有罪どころか立件すらおぼつかない」

『そうだろう。それは誰より、検事のおまえがよく知っていることだろうからな』

満足げに言われて、柚木は手の中の携帯をギュッと握りしめた。

検事の仕事は、警察に逮捕され、検察庁に送致されてきた被疑者を、徹底的に調べ上げて有罪にできるかどうかを判断することだ。有罪に足る証拠が揃えば、起訴して裁判にかけるが、証拠が充分に揃わず、また情状酌量の余地があれば、不起訴処分を下して被疑者を釈放する。

一般的に世間は、犯人が逮捕されれば有罪確定のように見なすが、実際は起訴に至るケースは三割ほどで、その他は無罪放免になる。

なぜなら、下手に起訴して裁判で負けるぐらいなら、不起訴にするほうが有罪率はアップするし、検察のメンツも保たれるからだ。

疑わしきは、被告人の利益――否、それ以前に、検察の利益なのである。

『ところで、彼は今、どこでどうしているんだ？　おまえはどこで彼と再会したんだ』

尋ねてくる父に、柚木はため息をつきつつ、口を開いた。

「守秘義務があるので、詳しくは話せませんが、ある事件の被疑者として、わたしが担当することになったんです」

『被疑者？　犯罪者なのか、彼は？　だったら余計に彼の話を真に受けてはいけないぞ。彼にしてみれば、誰かを恨まねば今までやってこられなかったのかもしれないが、その矛先《ほこさき》をこちらに向けられるのは、はっきりいって迷惑だ。あの当時、食ってかかる彼をなだめて、せめてもと心付けも渡してやったというのに…』

その言葉に、柚木はハッとする。

「ちょっと待ってください。それは、あの時、父さんは志藤に会ってるってことですか」

『ああ。そうだ。事件で会社がごった返す中、突然やってきて、わけのわからないことをまくし立て、半狂乱になっていた。部下たちもなんとかして落ち着かせようとしたんだが…。哀れで見ていられなかった』

「どうして…。だったらなぜ、わたしにそのことを話してくれなかったんですか」

その様子は、志藤から聞いた話と一致する。

ただ、志藤とは相反する立場のせいか、違った捉え方になっているだけで、父は別に虚言を口にしているわけではないのかもしれない。

『話すも何も、あの頃のおまえの落ち込みようを見ていたら、話せる状態ではなかっただろう。体調まで崩して、母さんもどれだけ心配したと思ってるんだ』

「……わかりました」

柚木は当時、一カ月ほど大学を休んだことを思い出しつつ、返答した。

「この件に関しては、あまり深入りしないよう気をつけます」

そう言うと父は安堵した様子で、二言三言言葉を交わした後、電話を切った。

柚木はパタンと携帯を閉じ、深く息をついた。

そしてズボンのポケットにそれを滑らせ、再び窓際に歩み寄る。

降ろし忘れたブラインドのせいで、窓の外には神奈川県庁のビルの灯りや、横浜港の夜景がくっきり見て取れた。

柚木は置いたままになっているコーヒーカップに手を伸ばし、ギョッとして固まった。

ガラス窓の外側に、大きな白い蛾が一匹、べったりへばりついていたからだ。

それは翅《はね》を広げ、白く太い腹を晒し、いびつな触角を震わせている。

その様子に、柚木の耳の奥で、低く押し殺された罵声がよみがえった。

『「香典代わりだ。遠慮なく持っていきたまえ」。あいつはそう言って、俺を叩き出した。その時の俺の気持ちが、柚木、おまえにわかるか！』

こちらに向けられた黒い複眼に、怨恨《えんこん》もあらわな男の瞳を思い出す。

ゾクッと背筋が震え、鳥肌が立った。柚木は速攻でレバーを引き、ブラインドを降ろした。

そしてカップを手に、急ぎ足で机に戻り、椅子に座る。

だが、心臓は早鐘を打つように鳴り、手は小刻みに震えたままで。

「……っ……」

柚木はグイッとコーヒーを飲み干した。

けれど、喉を流れ落ちていく冷めた液体はただ苦く、柚木を温めてはくれない。

いったいおまえは、どちらを信用するのか――。

ブラインドの向こう側から、無数の黒い目が問いかけているような気がした。

◆

翌日から本格的に志藤の取り調べが始まった。

殺害された女性は、三上茉莉香《みかみまりか》。二十三歳。

横浜市曙町で風俗嬢として働くかたわら、AV女優もしていたらしい。

志藤の容疑は、殺人と死体遺棄。

だが、志藤は柚木の執務室へ連れてこられてからずっと、椅子の背に寄りかかり、何を聞かれても答えずに沈黙していた。

「確かに、きみには黙秘する権利がある。だが、このまま黙っていても、状況証拠が揃っている以上、きみは確実に起訴される。それでもいいのか」

少々高圧的に言っても、志藤は柚木と視線も合わせない。

その手首には手錠がかけられ、腰縄も結ばれている。

柚木の執務机の横に位置する事務官の机では、永森が黙々と調書を取っていた。

「司法解剖の結果、被害者の死亡推定時刻は、午後六時から八時。きみは午後九時頃、被害者宅で被害者と会う約束をしており、それまでは長谷部《はせべ》という男友達と車で遊び歩いていたと供述しているが、該当する人物は現在所在不明で、連絡が取れていない」

「……」

「要するに、きみにはアリバイがないということだ」

その言葉に、志藤の眉がピクッと震えるのを、柚木は見逃さなかった。

「また、被害者がきみに電話をかけたのが午後六時二十分。これはきみと被害者、双方の携帯の履歴で確認が取れている。ということは、被害者はその時間までは生きていたということになるが、この時、きみは被害者とどんな話をしたのか」

「………」

「それと、被害者の室内には、指紋が拭き取られた形跡があり、また拭き取り切れなかった部分には、きみの指紋が残っていた。これはいったいどういうことなのか。…きみの言い分を聞きたい」

　机の上で手を組み、柚木は淡々と、だが根気よく尋ねる。

　そして待つこと数分、志藤が答えないと見るや、もう何度目かわからない同じ質問を、執拗に繰り返す。

「………では、もう一度、始めに戻ろう。きみは平成二十二年六月二十日、被害者三上茉莉香の自宅で…」

　これには、さすがの志藤も舌打ちをした。

「ったく、何度も何度も、うるせぇんだよ。俺は殺《や》ってないって言ってるだろうが！」

　とうとう苛立ちをあらわにした志藤に、柚木は冷ややかに言う。

「それはあくまでも警察での供述だろう。ここは検察庁でわたしは検事だ。容疑を否認するなら するで、改めてこの場で供述したまえ。その上で、調書に間違いはないか、適正な捜査が行われているか、追捜査が必要かを判断し、新たな証拠も踏まえて、起訴か不起訴を決定する。期限は十日間。それを自ら放棄すれば、後悔をするのはきみだぞ」

　かつては志藤も法科で学んだ身だ。こんなことは改めて言われなくても、充分にわかっているはずだ。

案の定、志藤はこちらに向かって、鋭く険悪な眼差しを向けてくる。

でも、柚木がそれをあえて口にしたのは、自分と志藤との立ち位置を明確にするためだ。検事と、被疑者――学生時代、親友だったという柚木《じぶん》の感傷のせいで、ぐちゃぐちゃに踏み荒らされた境界線を、きっぱり引き直そうと。

「……黙秘は、必ずしも被疑者にとって有利に働くとは限らない……か？　優等生検事の模範的セリフだな」

吐き捨てるように言って、志藤は柚木の眼前で高々と足を組んだ。

志藤は昨日と違って無精髭を剃り、長い髪もすっきりと後ろで結わえられて、格段に男振りが上がっていたが、切れ長の瞳や、その昏い表情には、拭い切れないあくどさが見て取れる。

「だったら、お望みどおり話してやるよ。洗いざらいな」

それは、薄い唇をニッと好色げに歪めたことで、さらに度合いを深めた。

「――俺は女を抱くより、男と犯るほうが好きなんだ」

「なっ…」

「男を抱くほうが、屈服のさせ甲斐があるからな。大の男を犬のように這い蹲《つくば》らせ、あそこにブツを突っ込んで、ひぃひぃ言わせるのは最高だぜ」

「志藤、容疑に関係のない話は慎め！」

ドンッと握り拳で机を叩き、柚木は怒声を上げた。

傍らでは、永森もタイピングの手を止めて瞠目し、固まっている。

だが、志藤はどこ吹く風とばかりに、言葉を続ける。

「ただ、茉莉香は緊縛の趣味があるから、時々は付き合ってやっていた。女も麻縄で縛り上げると、いい顔でよがり泣く奴がいるからな。あの日も、そのつもりで茉莉香の家に行ったんだ。…なぁ、こういう話ならいいんだろう、検事さん？」

そう言ってククッと喉を鳴らす志藤に、机の上の拳が小刻みに震える。

柚木は喉元に込み上げてくる怒りと嫌悪感を、深く息をつくことで、どうにか堪えた。

「……それは、被害者からの依頼か」

「ああ。事件の前の日に茉莉香にばったり会って、『縛ってくれ』と頼まれた。自慢じゃないが、俺の縛りは一流だぜ。何せ、昔から手先が器用だったからな。そのおかげで、ここじゃ言えないようなヤバイ仕事もいろいろやってきた」

その言葉に、柚木は弓道場の片隅で、ほつれた谍を上手に繕う志藤の姿を思い出す。

鹿の皮で作られたそれは固くて、柚木も志藤に手入れを頼むことがたびたびあった。

志藤は『自分でやれよ』と突っぱねつつも、結局は苦笑いして柚木の谍を手に取った。

『…ったく。おまえのだけ、特別だぞ』

『わかってるって。帰りにおまえの好きなアイス、おごるからさ』

『じゃ、特別に、アイス二本な』

『ええっ。そりゃないだろ、志藤』

志藤の言う『特別』という言葉の響きが、柚木は単純に嬉しかった。

柚木が志藤のことを特別視するのと同じように、彼もまた自分をそう見ているのかと思うと、照れくさいながらも、すごく幸せな気持ちになった。

だが柚木は、今は遠いその思い出に胸をしめつけられつつも、脳裏から振り払う。

「……前の日に依頼されていた？　事件当日、電話で呼び出されたわけではないのか」

「都合が悪くなったから、時間をずらしてくれって電話が来たのさ」

「時間をずらす？　午後九時にか？　当初は何時の予定だったんだ」

「七時だ」

「被害者はなぜ予定を変更してきたんだ。理由は？」

「知るかよ。いちいち理由なんて聞くか。俺はただ言われた時間に部屋に行っただけだ。そうしたら、すでに誰かが茉莉香を観音縛りにして犯りまくった後だった。しかも、縄で首まで絞め上げて」

「だったら、誰かが訪問してくるようなことは言っていなかったか」

「確かに茉莉香は、犯ってる最中に首を絞められてイくのが好きだった。でもまさか、そのせいで本当にイっちまうなんてなぁ」

「被害者が死んでいると、いつ、どうやって気づいた？　気絶しているだけとは思わなかったのか」

「そうそう。お堅い検事さんは知らないかもしれないが、観音縛りっていうのは、M字開脚縛りのことをいうんだ。ああ、それとも、現場の写真があるから、わざわざ説明は…」

柚木の言葉を無視して、志藤がとうとうとまくし立てる。

「質問に答えろっ、志藤」

それをぴしゃりとさえぎると、志藤は黙るどころか、身を乗り出して噛みついてきた。

「茉莉香は白目を剥いて涎《よだれ》を垂らし、汚物まみれだった。一発で、死んでるってわかるだろうがっ。それともあれか？　スカトロを疑うのが普通だとでも言いたいのか⁉」

「志藤！」

執務机を挟んで、柚木と志藤の視線が真っ向からかち合う。

柚木は目を逸らさなかった。

眼前にいる男は、もうかつての志藤ではない——そう強く心に念じながら。

「いい顔だ……そそるぜ、検事さん」

目を細めて言う志藤に、柚木は奥歯を噛みしめる。けして負けてはならないと思った。

「そもそも俺が、どうしてこんな嗜虐体質になったのか…男好きになったのか…検事さんにも、思い当たる節があるだろう」

「…なんのことだ」

押し殺した声で聞くと、志藤は柚木を見据えたまま、即答した。

「——輪姦《マワシ》に強姦《レイプ》」

息を呑んだのは、永森だった。

柚木は微動だにせず、志藤を直視していた。

「おっと…あんまり検事さんが、喋れ喋れとうるさく言うから、つい口が滑ったな。これじゃ、余計なことまで口走るかもしれない」

「喋りたけりゃ、喋れ」

睥睨し、言い放つ柚木に、志藤が眉をひそめる。

「ほぅ…。そんなに強がってて、大丈夫なのか。検事さんには、どっちも知られたくない汚点だろう？　特に、検事の片腕である事務官の耳には、入れたくないんじゃないのか」

志藤の視線が、真横の事務官席に流れた。

だが、永森はあえて素知らぬ顔でそれを受け流している。

「どうだ？　取引をしないか。不起訴と引き替えにならら、黙っててやってもいいぞ」

なのに志藤は不遜な態度を改めず、柚木に理不尽な提案をしてくる。

柚木は、すぅ…っと息を吸い込んだ。そして、静かに凄みをきかせる。

「……おまえこそ、有罪にされたくなかったら、口を慎め」

「いいのか、そんな口をきいて。何もかも、洗いざらいぶちまけるぞ」

「前置きは、聞き飽きた」

「何っ…」

「聞こえなかったか？　無駄吠えの多い犬だ、と言ったんだ」

「柚木…おまえっ…」

怒気をあらわにする志藤よりも早く、凛とした声が室内に響く。

「これ以上、戯《ざ》れ言《ごと》に付き合う暇はない！　取り調べは終了だ。連れて行け」

永森が、待ち構えていたかのように立ち上がった。


横浜地検では、年間に万を下らない膨大な数の案件が受理される。

それを柚木たち検事が次々と検分し、起訴すべきか否かを決定するのだが、その判断は公正で的確で、かつ迅速でなければならない。事件は日々発生し、警察から送致されてくる案件は減るどころか、先の見えない世相を反映して、増すばかりだからだ。

もちろん起訴した案件は裁判所で審理されることになり、判決が下されるまで、検事の手を離れることはない。しかも被疑者や被告人には、容疑を全否定するだけでなく、粗暴な者や反抗的な者も少なくはない。並みの神経では、検事の仕事は務まらないのだ。

「すまない。永森事務官」

口汚く食ってかかる志藤を監視員とともに退出させ、戻ってきた永森に、柚木は立ち上がって謝罪した。

「検事…。どうかお気になさらずに」

永森は一瞬当惑し、そして表情を和らげると、柚木に着席を促し、自分も席につく。

「自分は被疑者の罵詈雑言《ばりぞうごん》には慣れておりますし、事件に関する供述以外、調書には書き留めてはおりませんので、心配は無用です」

さらりと言うが、柚木と志藤がただならぬ関係だということは、もう歴然だろう。

でも、このまま何も話さなくても、永森はいつもと変わらない態度を取るに違いない。

永森は基本的に、ことなかれ主義で、あらぬ噂《うわさ》を吹聴《ふいちょう》して回るような人物にも思えない。

「……実は、わたしと志藤は学生時代の友人で、同じ弓道部の部員だったんだ」

そう言うと永森は、驚いたように目を見開いた。

柚木が説明するとは思わなかったようだ。

「弓道…ですか」

「ああ。高校時代は一緒に全国大会にも出場した」

柚木があえて自分たちのことを口にしたのは、永森に妙な誤解をされたくないとか、味方につけておこうとか、考えたからではない。

ただ、一人で抱え込むには重すぎるものを、少し吐き出したかっただけだ。

「でも、ある事件を境に、志藤の家は崩壊し、彼はわたしを憎むようになった…。そしてそのまま失踪して十三年間、生死もわからず、今まで会うこともなかった」

「……なのに昨日、偶然ここで再会した。……そういうことですか」

柚木が「そのとおりだ」と答えると、永森は合点がいったというようにうなずいた。

そして、手元のファイルを開き、データを読み上げる。

「志藤孝一郎、三十二歳。傷害と詐欺で前科三犯。逮捕歴は今度で十一回目。うち七回は、不法侵入や業務妨害での逮捕で、いずれも証拠不十分で不起訴…」

そこまで言うと、永森は恐縮そうに顔を上げた。

「失礼ですが、ご友人はかなり荒れた生活をされてきたようですね」

「ああ。おそらくな。今も表向きはバーテンダーをやっているようだが、裏でどんな商売をしているかことか…」

「探偵稼業…もしくは暴力団絡みの便利屋とか…」

気を遣ったのか、控え目な表現をする永森に、柚木はうなずいた。

当時、闇金の借金の形に、志藤の姉はヤクザに拉致された。もちろん、自分自身もヤクザに追われて捕まり、手足のように使われていた時期もあったと志藤は言った。

運び屋や鉄砲玉、もしくは臓器売買などで命を落とさなかっただけ、まだましだったのかもしれないが、その分、いまだに繋がりがあってもおかしくはない。

「でも…ああ見えても、同じ大学の法科で一緒に学んだ時期もあったんだ」

「そうでしたか…。仲がよろしかったんですね。お気持ち、お察しいたします」

痛ましげなその声音に、柚木の胸がチクリと痛む。

だが永森は、それ以上は踏み込んだことを聞かずに、口調を改めた。

「でも、差し出がましいようですが、この案件、あまり深追いされませんように…。それでなくても来月は、公判も二つ控えているんですから」

永森の言う深追いとは、十日間の勾留期限に、さらに十日間の延長申請をして、限度ぎりぎりまで取り調べることを指す。

「それに、被疑者には犯行時刻のアリバイもなく、指紋の件も彼があの部屋にいたことを、はっきりと示しています。もちろん被害者の体内から精液は検出されていませんので、性行為に及んだのが彼かどうかは断定できませんが」

「ああ。その点は充分とは言い難いな。だが、確かに状況証拠は揃っている」

「はい。ですので、最終的に容疑否認のままでも、起訴は可能かと」

だから深追いせず、早々に決着をつけろと、永森は助言してくれているのだろう。

「だが、問題は殺害の動機だ」

「それも、単に行きすぎた享楽的行為が原因…とは考えられませんか」

「享楽的行為…」

呟くように言って、柚木は志藤の先刻の言葉を思い出す。

『確かに茉莉香は、犯ってる最中に首を絞められてイくのが好きだった』

柚木は「そうだな…」と思案顔でうなずいた。

「被疑者は、自分に性的な嗜虐性があると供述した。また、被害者には緊縛と被虐を好む傾向があったという。二人は合意の上で緊縛及び性行為に及んだが、被疑者がエスカレート…。力加減を誤って、被害者を死なせてしまった。そのため行為を中断し、発覚を怖れて指紋を拭き取り、現場から逃走した。……一応、辻褄《つじつま》の合う筋書きだな」

「ええ。しかもこの場合、容疑は殺人ではなく、傷害致死または過失致死になります」

「となると、量刑は殺人よりもずっと軽くなる。なのに被疑者は、なぜ犯行を認めないのか」

「安易に認めては不利だと、勘違いをしているのでは…」

「いや、それはないだろう。被疑者には法律の知識がある」

永森はハッと息を詰めた。先刻の柚木の言葉を、思い出したらしい。

「そうですね…。確かに妙です。知識があるなら、素直に認めたほうが心証もよくなると知っているはず…。自分に有利なほうへ動くはずです」

なのに、どうして——柚木と永森は押し黙った。

「……とりあえず、もう少し、調べてみる必要があるだろう。確たる証拠がありながら、頑《かたく》なに容疑を否認する理由が、何かあるはずだ」

「わかりました。では今一度、被疑者の身辺を洗ってみます」

「いや…それだけでなく、被害者三上茉莉香の身辺も調べてみてほしい。交友関係や被害者が勤めていた風俗店での勤務ぶり、借金はなかったか、客や知人に暴力団の関係者がいなかったかなどだ」

いつもの冷静さを取り戻し、てきぱきと指示する柚木に、永森が目を見張り、姿勢を正した。

「はい。すぐに捜査指示を出します」

「……永森事務官」

「まだ、何か？」

さっそく作業に取りかかろうとしていた永森は、呼び止める柚木に顔を向けた。

柚木は永森に向かって頭を下げた。

「おかげで、ようやく頭が冷えた。ありがとう」

それは柚木の正直な気持ちだった。

医者が身内の手術の担当から外されることがあるように、検事もまた、家族や知人の起こした事件を担当させてもらえないことがある。冷静な判断が下せないという理由で。

まして、志藤は積年の恨みを晴らそうと、再会した柚木を的に、きりきりと弓を引き絞っているような男だ。

でも、柚木は逃げたくなかった。

逃げたくないと思うことが、すでに冷静さを欠いているといわれれば、それまでだが。

「いえ…。検事の補佐をすることが、事務官の務めですから、お気遣いは無用です」

淡々と言って、永森は電話に手を伸ばす。

おそらく、すぐに警察へ連絡を取り、捜査の指示を出すのだろう。

その姿に頼もしさを感じつつ、柚木は気持ちを引きしめる。

検察での事件の解明は、こうして永森が手伝ってくれる。

だが、もう一つの事件の解明は、自分自身の手でやらねばならないのだと。

3

外で夕食をすませた後、柚木は横浜に来てから時々訪れるようになった会員制のバー・シーズで酒を飲んでいた。

一昨日の埋め合わせに、せめて早く帰宅しようと思っていたのだが、妻の冴子から今夜は東京の実家に泊まってくるとの連絡が入った。すでに執務室を出ていた柚木は、そのままUターンする気にも、まっすぐ自宅に帰る気にもなれなかったのだ。

それにシーズは静かで落ち着いた雰囲気のバーで、頭の切り替えや気分転換に最適の店だった。ボックス席は適度に個室感が保たれ、ホステスを断ればカウンター席よりも、ずっとリラックスできる。それだけに内密の打ち合わせや、モバイルを使ったサイドビジネスの場に利用するビジネスマンも少なくはないらしい。

かくいう柚木も、水割りを横に、この二日間、空き時間を使って収集した資料をノートパソコンの画面に映し出していた。

十三年前のインサイダー取引事件を取り扱った新聞記事や、警察関係の記録だ。

父・忠貴は関与を否定したが、柚木は事件を詳しく調べてみようと思っていた。

当時は、自分自身が早く立ち直らねばと、輪姦の件も含めて事件そのものを極力思い出さないよう心がけていた。

それでも、志藤のことは癒《い》えぬ傷となって、澱《おり》のように心に沈殿していた。

だからこそ柚木は、真実が知りたかった。

志藤が今でも自分を犯すほどの激しい憎悪を持ち続けている、その理由を。

それがはたして志藤の言うとおりなのか、否か――。

だが、該当する新聞記事は、いずれも『N証券会社社員がインサイダー取引！』という派手な見出しが躍るわりに、取引の内容よりも、それに関わった社員やその妻が自殺したことのほうが大きく取り扱われているものばかりだった。

当時、世間ではインサイダー取引という言葉自体はよく耳にするものの、その実体や内容はまだあまり周知されていなかった。また規制や罰則についても、二〇〇七年に施行された金融商品取引法で厳格化されたが、それ以前は国外と比べても、緩やかだったことは否めない。

それに、イメージダウンにはなったが、会社が直接的被害を被ったわけではなく、当事者も死亡してしまったので、訴訟にも至らなかったようだ。なので警察に保管されていた記録も、志藤の父親の逮捕状請求や、夫妻の自殺事件、姉の捜索願いに関するものがほとんどで。

とどのつまりが、不正な取引に手を出し、儲けるどころか大損をして、何もかもを失った自業自得の男――。

そんなふうにまとめられている新聞のコラムを読んで、柚木は鬱々《うつうつ》とした気持ちになった。

志藤のやり切れなさや、どこにぶつけていいのかわからない憤りが、わかるような気がしたからだ。

あげく、それが仕組まれた罠だったと知ったら――。

怒りが激しい憎悪となって、その首謀者へ向けられるのは当然のことだろう。

柚木は冷えたタンブラーを持ち上げ、水割りを飲んだ。

そして、パソコンに映し出されている資料の中に、父の名前はおろか、実際に志藤の父親が買いつけて暴落した株や、借金をした闇金業者など、具体的な情報が何一つないことにため息をつく。

その視線の端に、人影を感じて、柚木は顔を上げた。

「いらっしゃいませ、柚木さん」

ボックス席の入口に、淡いオレンジ色のドレスをまとい、髪を華やかにまとめ上げた美貌の女性が、にこやかに佇《たたず》んでいた。顔見知りのホステスだった。

「ああ。亜麻音《あまね》さん。こんばんは」

柚木が挨拶を返すと、亜麻音はスルリとボックス席に入ってきた。

「あら…お仕事？　相変わらず、お忙しいのね。水割り、お作りしましょうか。それともお邪魔？」

正直、ためらいはあったが、昏い気分を払いたくて柚木は「いや」と首を振った。

そして、パソコンを終了させ、蓋《ふた》を閉じる。

亜麻音はさっそく柚木の隣に座り、ウイスキーのボトルに手を伸ばすと、「わたしもいただいていい？」と聞いてきた。

店内にはゆったりとしたバラードの曲が流れ、他の席の客とホステスの喧噪《けんそう》がうるさくない程度に聞こえてくる。それを耳にしながら背もたれに寄りかかると、なんだかドッと疲労感が湧いてきた。

「顔色が優れないわね、柚木さん。ダメよ、ちゃんと適度に息抜きもしなくっちゃ」

「大丈夫です。だからこうして、シーズにも来ているんです」

柚木が言うと、亜麻音がクスッと笑った。

「ますますダメだわ。こういう時は、嘘でも『亜麻音に会いにきた』って言うものよ」

「あ…。気が利かなくて…。申し訳ない」

素直に謝ると、亜麻音は柚木にタンブラーを手渡し、顔を近づけてきた。

「いいわ。許してあげる。わたしは柚木さんの、そういう誠実で率直なところが大好きなの。男の人にしておくのがもったいないぐらい綺麗で、涼しげな外見にだけ惹《ひ》かれたわけじゃないのよ。だから……ね？　今夜こそ、わたしに付き合って」

間近で意味深に微笑む亜麻音に、柚木は返答に窮する。

亜麻音は性格も明るく頭の切れる女性だ。

接客業なのだから当然だろうが、話をしていると気分が晴れて癒される。

だが、ここ最近、こうして柚木を誘うようになってきたのには少々閉口していた。

今までは所詮《しょせん》は客とホステス、社交辞令として受け流してきたが、こうも続くとさすがに煩《わずら》わしい。

柚木は別に火遊び好きな男ではないし、それでなくても今は志藤のことで振り回されていて、気持ちに余裕がない。こういった誘いは、正直面倒なだけだ。

やはりこの際、きっぱり断るべきだろう――そう考え、口を開きかけた途端、タイムリーにもベストのポケットで携帯が鳴った。

「失礼。電話だ」

柚木の言葉に、亜麻音はスッと立ち上がった。そして「じゃ、また後で」と微笑んで席を外す。

切り替えの早いその態度に、柚木は内心ホッとして、携帯のディスプレイに目をやった。

その目がたちまち緊張に染まる。

「はい。柚木です」

電話は、柴河原《しばがわら》という週刊誌の記者からのものだった。

『……おや？　お邪魔でしたかね、柚木さん』

電話越しにバラードの曲を聞きつけて、柚木が今どこにいるのかを想像したのだろう。

柴河原は癖のあるダミ声で尋ねてきた。柚木は「いや、大丈夫だ」と即答する。

『頼まれていた、例の事件の資料…揃いましたので、メールで送っておきました』

「早いな。さすが柴河原さんだ」

『ほかならぬ柚木さんからの頼みごとですからね。最優先ですよ』

柴河原は三年前まで、大手新聞社の切れ者記者として活躍していた男だ。

だが、切れ者すぎて、検察庁が揉み消そうとした不祥事を暴き立てて記事にしたことから、上から圧力がかかり、退社を余儀なくされて、現在は週刊誌の記者として働いている。

『こっちはスキャンダルネタありきですから、かえって俺の性に合いますね』

飄々《ひょうひょう》とそう言う柴河原に、柚木は当時、密かに胸の空く思いを味わった。

暴かれた不祥事――それは、柚木が当時勤めていた某地方検察庁で、検事が陰で賄賂《わいろ》を受け取り、暴力団絡みの事件を次々不起訴にしていた、というものだ。

しかも、上司である次席検事まで、その事実を黙認していたというのだから、言語道断もはなはだしい。

有罪率を上げたいがために、起訴に及び腰になる優柔不断さとは、程度の違う不正だ。

『自らを厳しく律して職務に臨まなければならない検事の、それはけしてあってはならない姿だと思います』

記事にこそならなかったが、取材には応じるなという上からの通達を無視し、柴河原の問いかけにただ一人、自戒を込めてコメントした検事が柚木だったのだ。

それ以来、美貌の検事と称される柚木の見かけによらない気骨さが気に入ったと、柴河原は時々個人的に連絡をしてくるようになった。

『しかし、柚木さんから連絡してくるなんて珍しいと思ったら、この古い事件、柚木さんのお父さんが勤めてらっしゃる会社で起きたものなんですね。驚きましたよ』

柚木は、やはり気づかれたか…と思いつつ、「確かに」と言葉少なに答えた。

『もしかして、今になって何か問題でも？』

「申し訳ないが、それには答えられない」

『まぁ、そりゃそうだ。だから内密に調べてる…ってことですよね。でも、柚木さんのことだ。何かあれば、手加減はしないでしょうが』

そう言って笑う柴河原に、柚木は携帯を握りしめる。

『とりあえず、警察では入手が難しい当時のゴシップ記事や関係者のデータなど、洗いざらい送ってありますので、有効利用してください』

「ありがとう。恩に着る」

『だったら、今度は特ダネのリークでも、よろしくお願いしますよ』

通話はそれで切れた。柚木はパタンと携帯を閉じた。

そして大きく息をつき、テーブルの上のパソコンに手を伸ばす。

すぐにも柴河原の送ってくれた資料を確認したかったが、逸《はや》る気持ちを抑え、柚木はパソコンをアタッシェケースに仕舞った。

そして亜麻音が戻ってこないうちにと、急ぎ席を立った。

◆

取り調べ五日目を迎えても、志藤はいまだ容疑を否認し続けていた。

殺人ではなく過失致死の可能性についても問い質してみたが、志藤は「どっちにしろ俺は殺っていない」と繰り返すだけだ。

しかも、このままいけば起訴は確実だというのに、危機感や焦りも感じられない。

当番弁護士が一度接見したが、それ以降は弁護人は起訴されてからで充分だと断っている。

すでに前科三犯の身、裁判沙汰などなんとも思っていないのだろうか。

そんな中、志藤と茉莉香の携帯の履歴に、不審な点が見つかった。

志藤は携帯の履歴を毎日消去しており、復元に時間がかかったが、この半年あまりで二人が電話のやりとりをしていた記録は、事件当日の一回きり…茉莉香が時間を変更してくれと言ってきた時だけであるということがわかったのだ。

「きみは時々被害者と付き合っていたと供述したが、携帯には、電話はおろかメールの履歴も残っていない。事件の前日に、ばったり会ったとは聞いたが、普段はいったいどうやって彼女と連絡を取り合っていたんだ」

険しい眼差しを向け、尋ねる柚木に、志藤は投げやりに答える。

「あー……手紙」

「手紙？　見え透いた嘘を言うな」

「じゃあ、ＦＡＸ」

「どちらの家にも、ＦＡＸはなかっただろう」

「じゃ、電報だ」

「志藤っ」

「沸点低いな、検事さん」

鼻で笑う志藤に、柚木は歯噛みする。

確かにこれしきのことで熱くなるのは自分らしくない。被疑者の虚言や戯れ言には一切動じず、逆に冷徹な態度と鋭い詰問で相手を揺さぶり、供述を引き出すのが柚木の取り調べ方だ。

だが、志藤に関しては何一つ真実が見えてこない。

それが苛立ちを募らせる。

この殺人事件に関しても、そして十三年前の事件に関しても、だ。

「別に、なんてことはない。茉莉香とは、それほど親しくしていたわけじゃないからな。連絡をつけてたのは、いつもほかの奴ってだけだ」

退屈そうに言う志藤に、柚木は眉根を寄せる。

「ほかの奴？　きみは被害者と会うのに、いちいち他人を介在していたというのか」

志藤がチッと舌打ちをした。

「だから、茉莉香と犯る時は、いつも3Pか4Pだったたって言ってんだよ」

机の上で組んだ柚木の手の指が、ピクッと震えた。横でキーボードを叩いていた永森も、同時に手を止める。それを面白そうに眺めながら、志藤が尊大に言う。

「言っただろう、茉莉香はMだったって。緊縛だけでなく乱交も趣味で、上も下も入れ替わり立ち替わり、男に突っ込まれるのが…」

「黙れ！　聞かれたことにだけ答えろ」

ドンッと机を叩く。

二人の視線が、火花を散らすかのように真っ向からぶつかった。

だが、志藤の目には、すぐに冷笑が浮かんで。

「――柚木、おまえ……血が疼くんだろう？」

グッと奥歯を嚙みしめた。

これ以上、志藤の卑劣な言動に、振り回されてなるものかと。

「だから、真実を知りたいっていう、検事の血が…だよ」

だが、志藤はそんな柚木の気持ちを見透かしたかのように、笑うのをやめて真顔になる。

「探しても見つからない、十三年前の真相……知りたくてならないんじゃないのか」

柚木は唇を嚙んだ。

柴河原から送られてきた資料は、その大半が事件当時の週刊誌のゴシップ記事だった。

志藤の姉がヤクザに拉致される場面を目撃した主婦の話や、それに半狂乱になり、自殺を図るまでの母親の心境などが赤裸々に、そして憶測たっぷりに書かれた話、飛び降り自殺をした父親の転落までの半生が綴《つづ》られたものなど、新聞以上に生々しく、また当時どれだけこの事件が注目されていたのかが窺《うかが》える内容だった。

ただ、こちらも肝心のインサイダー取引に関連する詳しい記事は少なく、逆に闇金の極悪で執拗な取り立てや、骨の髄までしゃぶり尽くす残酷さに焦点が絞られたものが目立った。

それは志藤には、けして見せたくない記事ばかりだったが、おそらく当時は、嫌でも目に入ってきたに違いない。

その時の志藤の気持ちを思うと、柚木は胸が潰れそうになった。

柚木も暴力団絡みの事件は過去に何度も担当しており、その目にあまる非道さや陰惨さには何度も震撼させられていた。

だが、いくら奴らに重刑を科したとしても、被害者はけして救われない。

そして、志藤一家をそんな救われない境遇に貶めたのが柚木の父親だと、志藤は明言している。

しかし、これだけ調べ尽くしても、何も出てこないのは、なぜなのか?

やはり間違いだったのだ――そう切って捨てるのは簡単だ。

でも、だったら、どうして志藤はこんなにも、激しい憎悪を自分に向けるのか?

もしかして何も出てこないのは、それだけ巧妙に隠されているからではないのか?

「――なぁ、柚木……取引をしないか」

静まり返った執務室の中、低く声が響く。

と同時に、永森がスッと立ち上がった。

「検事。わたしは席を外しましょう」

柚木は弾かれたように、永森を見つめた。

その思慮深げな顔に、「あまり深追いされませんように」という言葉が思い出される。

いや、席など外す必要はないと…このまま取り調べを続けると、喉まで言葉が出かかった。

だが、口から声は出ず、柚木は執務室を出て行く永森の背を、半ば呆然と見送った。

すべての疑問を解き明かす真実《こたえ》を、是が非でも知りたい——。

悔しいが、志藤の言うとおりだった。

柴河原は週刊誌の記事のほかに、あの時、志藤部長から株を購入させられた中川《なかがわ》という人物についても調べ上げていた。

中川は当時、建設会社の社長をしており、志藤から内密に「多額の差益が確約できる」と、新薬が発売される製薬会社の株を勧められ、三千万円を投資したのだという。

『でも、蓋を開けてみたら、大違いだったんですわ』

現在、一線を退き嘱託の身となっていた中川は、電話口で機嫌良く応対してくれた。

一昔前のインサイダー取引について、参考にお話を窺いたいと、地検の検事自ら丁重に電話をかけてきたのだから、それも当然だろう。

『実際、新薬は発売されたんですがね、これがなんと事業縮小に伴う海外子会社の解散とほぼ同時期だったんですよ。要するに、株価が下がることを想定して、その歯止めの措置というか、プラマイゼロにしようという目論《もくろ》みだったようで』

なのに、新薬は発売後、副作用などのクレームが相次ぎ、株価は暴落したのだという。

画期的な新薬と前評判は高かったが、発売を急いだせいで、開発に充分な時間がかけられなかったことが原因だったらしい。

『とりあえず元金は返してもらったものの、志藤さんがあんなことになってねぇ。わたしも寝覚めが悪いったらありゃしませんでしたよ。あれ以来、株はきっぱりやめました』

『その時、新薬開発の内部情報を誰から入手したのか、お聞きになりましたか』

『いや、聞いたんだが、「確かな筋からの情報」としか教えてはもらえなかったなぁ』

結局、柚木は当時事件の渦中にいた中川からも、有力な情報を得ることができなかったのだ。

「…ふん…。よくできた事務官だな。ボスのスキャンダルは、見猿、聞か猿、言わ猿か」

柚木はハッと我に返った。

執務机の向こうから、志藤が蔑むようにこちらを見詰めていた。

柚木は一つ大きく息をついた。そして、志藤を鋭く見返す。

「――聞かせてもらおうか、取引の内容を」

冷ややかに、だがきっぱりと言う柚木に、志藤が片眉を上げる。

「ほう…開き直ったのか。天下のエリート検事も、地に落ちたな」

「四の五の言わずに、早く言え。俺の気が変わらないうちに」

柚木の本気を感じ取ったのか、志藤はそれ以上は揶揄しなかった。

「いいだろう。おまえの親父とつるんでいた仲間の名前を教えてやる」

「つるんでいた、仲間？」

「ああ。直属の部下だ。とうにN証券を退社して、今は悠々自適の身だ。気兼ねなく事情が聞けるぜ。どうせ、まだ在籍している社員には、探りを入れてないんだろう。っていうか、親父の手前、入れたくても入れられねぇよなぁ」

図星だった。

N証券会社に、検事の柚木が事件と現専務である父との因果関係を調べていると知れたら、それこそ大変なことになってしまう。なので柚木は、柴河原が秘密裏に調査し、作成してくれたリストを見て、すでに退社した社員にのみ電話をかけていた。

リストには、志藤部長が指揮していた証券業務部の社員の名前や連絡先が掲載されていた。

だが、元部下たちの口は重かった。

皆、当時、営業成績が伸び悩んでいたことや、大口の投資を部長が取ってきて活気づいたことまでは話してくれたが、事件のこととなると一様に口を閉ざしてしまう。

『次期常務との声も高かったので、我々も悔しくてなりませんでした。どうして志藤部長がインサイダーなんかに手を出したのか……今もって疑問です』

苦渋に満ちた無念の声が、柚木の耳にこびりついて離れない。

彼らもまた、理由は違えど、柚木と同じように…否、それ以上に、真実を知りたいと思ってきたはずだ。

「どうする？　そいつが柚木部長の命令で、親父にインサイダーを持ちかけた奴だ」

こちらの腹を探るように、志藤が言う。

その顔を、柚木は値踏みするように見つめた。

「……なぜ、そう言い切れる？　亡くなる直前に、親父さんがそう言ったからか」

「それだけじゃない。俺自身も調べた」

「調べた？　だったらなぜ、おまえが自分で追及しなかった」

「なぜ、追及しなかったか……だと？　できるか、そんなこと！」

いきなり声を荒らげ、身を乗り出す志藤の手首で、チャリ…ッと手錠が音を立てた。

「俺はおまえみたいに、お綺麗な検事さまじゃない。前科持ちだ。今も殺人容疑でとっ捕まってるような、どん底を這い回ってきた人間に、いったい何ができたっていうんだ⁉」

激昂《げきこう》する志藤に、柚木は言葉を失う。

そうだ。志藤はそうしたくても、できなかったのだ。

十九歳で家族を全員失い、借金と暴力団に追われ、自分の命さえも危うい身の上で。

追及はおろか、糾弾も復讐も、叶わなかったに違いない。

その無念さが、いったいどれほどのものか、柚木には想像もつかなかった。

「……それで。取引の条件は、なんだ？」

柚木は背筋を伸ばし、静かに言葉を継いだ。

「不起訴か――それとも、躰か」

志藤がスッと目をすがめた。

「随分、ものわかりがよくなったたな。…ってゆーか、あれだけ男好きなら、一挙両得ってか」

ククッと嘲り笑う志藤にも、柚木は口を閉ざしたまま、表情を変えない。

志藤はぴたりと笑うのをやめた。

「――だったら、咥えろ」

柚木の頬がピクッと震えた。

それを凝視しながら、志藤は椅子の背に寄りかかり、左右に大きく足を開いた。

「ここにひざまずいて、俺のものを舐めて、しゃぶれ」

尊大に命令する志藤に、カッと胃の辺りが煮えたぎる。

だが、柚木は無言で椅子から立ち上がった。

そしてスーツの上着を脱ぎ、ベスト姿になると、執務机を回って志藤の前へ歩み寄る。

光沢のあるダークなストライプシャツに黒のズボンを穿き、長髪を後ろで括った志藤は、昏い光を放つ瞳や伸ばされた顎髭のせいもあって、どう見ても堅気《かたぎ》の男には見えない。

純白の弓道着と黒袴が似合う、あの凛然とした立ち姿から、ここまでの変貌を遂げるのに、彼はいったいどんな辛酸を舐めてきたのだろうか――。

考える柚木の胸が軋《きし》むように痛んだ。

「ぐずぐずしてると、事務官が戻ってくるぞ。ギャラリーがいたほうが燃えるっていうなら、それでも俺はかまわないけどな」

ニッと口端を歪め、見上げてくる志藤に、柚木は大きく目を剝き、そして膝を折った。

眼前に志藤の股間がくる。その上には手錠がかけられた両手がある。

喉がコクッと小さく鳴った。

だが、柚木はそれを振り切るように志藤の下肢に手を伸ばす。

「せいぜい楽しませてくれ……なぁ、検事さん」

頭上から降ってくる冷笑に背筋が震えた。

でも、もう後戻りはできない。

柚木は覚悟を決め、志藤の下衣に手を伸ばした。

かすかに震える手で留め金を外し、ファスナーを下げ、思い切って下着も引き下げた。

そのせいであらわになった志藤の下腹に、柚木は息を呑む。

それは黒々とした茂みの中、まだ形を変えていないのに、ずしりとした重量感と勃起した時の猛々《たけだけ》しさを柚木に感じさせた。

柚木はギュッと目をつぶった。そして嫌悪感を堪えつつ、そこに口を寄せていく。

「咬むなよ…柚木」

舌先が先端に触れた途端、志藤の足先が柚木の股間にあてがわれた。

咬んだら、どうされるのか——暗に示されて、躰が総毛立つ。

それが嫌で、柚木は目を伏せて奉仕を開始した。

「…ん……ふ…っ…」

ぬるりと口に含み、強く吸うと、それはピクリと震え、まるで生きもののように首をもたげた。そのまま何度も口の輪を前後させて、幹を扱く。

すると男根は見る間に勃起し、柚木の上顎を刺激するように嵩《かさ》を増した。

「もっと舌を使え」

冷酷な指示に従って、柚木はドクドクと脈打つ肉塊に舌を絡める。

「もっと口を開いて、奥まで呑み込め」

グッと口腔《こうこう》の奥まで突き入れられた衝撃に、目から涙が溢れた。

「下手だな。もっと美味そうにしゃぶってみせろ」

言われるたびに、柚木の中で、男としての矜持が突き崩されていくような気がした。

「いいざまだな。検事が容疑者にひざまずいてフェラさせられてるなんて、写真か動画で撮っておきたいぐらいだぜ」

せせら笑いながら志藤は柚木の髪をつかんで、顔を自分のほうに向けさせる。

そのせいで、口の中の怒張が一段と膨れ上がり、柚木は苦痛に喉を震わせた。

「んっ…うぅっ」

どうして自分の執務室で、こんなことをさせられねばならないのか。

いくら自ら取引を望んだとはいえ、かつては親友だった男に、こんな猥雑な行為を強要させられるなんて、あまりにもひどい。悪夢としかいいようがない。

柚木は、込み上げてくるやり切れなさと憤りに目を潤ませて、志藤を見つめた。

「……なんだその目は？　俺を蔑んでるのか。それとも、哀れんでるのか」

違う、と言いたくても口はきけず、頭も振ることはできない。

柚木は目を閉じて、ひたすら懸命に奉仕した。

それをどう取ったのか、志藤が低く笑う。

「いや…そうか。咥えてるだけじゃ、物足りなくなってきたんだな」

「あ、うっ」

股間にあてがわれていた足先で、グイッとそこを押された。

途端に鋭い痛みが駆け抜け、反射的に開いた柚木の口端から、唾液がこぼれて顎を伝った。

「いいんだぞ。俺に遠慮しないで、自分で出して、思う存分扱けよ」

言いながら志藤は、さらに柚木の股間を足でこねくり回すように踏む。

「やめ…うぐっ…」

そして、苦悶に身を捩る柚木の頭を、両手で鷲づかみにした。

「そろそろ俺も、生温い舌使いに飽きてきたところだ。本気を出させてもらおう」

嗜虐を好む血が、男の目を劣情にギラつかせる。

志藤はつかんだ柚木の頭を、前後に激しく揺さぶり始めた。

そのせいで手錠の金属音と、男根が出し入れされるジュプジュプという淫猥な水音が、室内に響く。

「んぅっ…あっ、…うっ、んっ…」

喉の奥を何度も乱暴に突かれる衝撃に、意識が朦朧とし、涙が頬に散った。

嫌だ。苦しい。息がつけない。

男たちに犯された時のおぞましい記憶がよみがえってくる。

だが、志藤を押しのけようにも、柚木の頭をつかむ手はびくともしない。

逆に抗おうとするたび、溢れ出る涙と涎が、うっすら上気した柚木の顔を淫らに汚した。

「いい顔だ……ゾクゾクするぜ」

興奮を隠しもしない掠れ声。

荒々しく揺さぶられるたびに、根元まで口に含めないほど、一段と容積を増す男の欲望。

その先端から、苦く粘性のある液体が、じわり…と滲んだ。

と思う間もなく、一際深く奥を突かれる。

「出すぞ。あまさず飲め」

「うっ、ん、ぅうっ…」

ドクドクッと熱い飛沫が、口いっぱいに放たれる。それを飲み切れずに柚木が躰を痙攣させると、志藤はつかんでいた頭を突き放して、ずるりと自身を引き抜いた。

途端に柚木は床に手をつき、激しく噎《む》せ込んだ。

全身の毛穴から汗がどっと噴き出す。

その頭上で、志藤が淡々と言った。

「――男の名前は、目黒雄治《めぐろゆうじ》。俺の親父の、大学の後輩だ」

それはたった今、吐精をしたとは思えないほど冷ややかで、感情のこもらない声だった。

◆

「おかえりなさい。ずいぶん早かったのね。どうしたの」

玄関先で妻の冴子に出迎えられたのは、ひどく久しぶりなような気がした。

柚木は、驚いた顔をする冴子から視線を逸《そ》らし、靴を脱ぎつつ答える。

「…ああ。今日は少し疲れたんで、早めに切り上げてきたんだ」

前回、志藤に無体を働かれた時は、残業で遅くなり、すでに休んでいた冴子とは顔を合わせずにすんだ。

もちろん今夜もそうするつもりでいたのだが、さすがに神経が持たず、だからといって外で酒を飲む気にもなれなくて、早々に帰途についたのだった。

「そう…。でも、困ったわ。お食事の支度をしていないのよ。わたしはパスタですませてしまったし…。電話して下されば、作っておいたんだけど」

恨みがましく言う冴子に、柚木は密かに嘆息する。夫の顔色が優れないことより、夕飯のことを気にする妻に、疲れがいっそう増したような気がした。

「いや、食事はいらない。腹はあまり減ってないんだ。それよりシャワーを浴びたい」

「あら…そうなの」

「ああ。とりあえずビールと、チーズか何か…つまむものがあれば、頼む」

柚木は脱いだスーツの上着を冴子に手渡して、バスルームへ向かう。

だが、その背に返答が聞こえてこないことを訝《いぶか》しみ、振り返った。

「どうした？」

「…ごめんなさい。あいにくビールも切らしてるのよ」

申し訳なさそうに答える冴子に、柚木は目を見張る。

それは冴子が、どこか探りを入れるような眼差しで柚木を見つめていたからだ。

「最近あなた、外で飲んでくることが多いでしょう。だから、必要ないかと思って…。もしかして馴染《なじ》みのお店とか…できたんじゃない？」

「ああ。検事同士、付き合いもあるからね。行きつけの店ぐらいはあるさ」

「そうなの？　行きつけなのは……お店だけ？」

上着を持ったまま、なおも尋ねてくる冴子に、柚木はスゥッと目を細めた。

「……どういう意味だ」

「別に…。この頃、ずっと帰りが遅かったから、ちょっと聞いてみただけよ」

冴子はそう言って、夫の追及の目をかわすようにクルリと背を向けた。

「だったら、ウイスキーでいいかしら？　いただきもののバランタインを開けて、水割りを作っておくわ」

「…ああ。そうしてくれ」

柚木もあえてそれ以上は聞かず、淡々と答えて脱衣所に足を踏み入れた。

もしかしたら冴子は、柚木の気配に何かを感じ取って、浮気を疑っているのだろうか…。

柚木は手早く衣服を脱ぎ捨てながら、ふとそう思い、眉間に縦皺《たてじわ》を寄せた。

ほんの数時間前のあんな行為を、冗談でも浮気だなどと詰《なじ》られたくはなかったからだ。

『――だったら、咥えろ』

耳にこびりついて離れない、志藤の低い声。

『下手だな。もっと美味そうにしゃぶってみせろ』

口腔の奥まで突き入れられた、ドクドクと脈打つ灼熱の肉塊。

それを振り払うように柚木はバスルームに足を進め、シャワーの栓をひねった。

だが、頭から熱い湯を浴びても、あの淫蕩《いんとう》な感触は消えてはいかない。

逆に、全身を流れ落ちていく湯の感触に、あの時感じた背筋が震えるおぞましさや、やり切れなさ、憤りがよみがえってくるような気がした。

――どうしてだ、志藤…。なぜ、こんなことに…。

柚木は握りしめた拳で、ドンッと壁を叩いた。

あのまま自分たちが再会しなければ…柚木が古傷さえ抉らなければ、こんなことにはならなかったのかもしれない。

柚木にとって志藤は、あの十三年前の夜まで、かけがえのない親友だった。

志藤には、親や他の友人、女性にすら感じたことのない、特別な感情を抱いていた。

友情とも愛情とも言い切れない、熱い親愛の情だ。

それに志藤は柚木の喜怒哀楽を、もっとも刺激する存在だった。

冷徹無比、切れもの検事などと称されるようになった今でさえ、柚木の心をこんなにも激しく揺さぶるほど。

それだけ志藤との繋がりは、何にも代え難い大切なものだった。だからこそ、あの事件の時、志藤の力になってやれなかったことが身を切られるようにつらかった。

そして、それ以上に柚木は、志藤に裏切られたことが許せなかったのだ。

「……志藤…っ」

できるなら、ともに肩を並べて笑い合った、あの頃に戻りたい。

時間を巻き戻して、一緒にこの十三年間をやり直せたら、どんなにかいいだろう。

なのに、いくら洗い流そうとしても、先刻の悪夢は消えるどころか、鮮明になるばかりで。

『出すぞ。あまさず飲め』

劣情を隠しもしない、冷酷な命令。

根元まで口に含めないほど膨張した凶器から放たれる、熱い飛沫《ひまつ》。

飲み切れずに噎せ込む柚木の口から、ずるり…と引き抜かれていくそれの感触すら、生々しく思い出されて、躰が震える。

「……クソ…ッ…」

柚木は壁に両手をついたまま、絞り出すように呻いた。

志藤と、自分と、二人の関係をこれほど醜《みにく》く歪めてしまった原因が、本当に父にあるというのなら――是が非でも、真実を見極めねばならない。

その一心で、柚木は取引に応じた。

自ら進んでひざまずき、躰の内側からじわじわと柚木を犯す、志藤の毒を飲み下したのだ。

柚木はシャワーの栓に手を伸ばし、湯温を切り替えた。

そして、しばらく身を清めるかのように、冷たい水に打たれていた。

4

週末の日曜、柚木《ゆずき》は目黒雄治《めぐろゆうじ》の自宅があるという鎌倉市へ車を走らせた。

目黒は事件当時、柚木部長の直属の部下だったが、志藤《しどう》部長とは同じ大学の出身で、ともに射撃部に所属していたという。事件後半年でN証券を退社した目黒は、都内から鎌倉市の郊外に移り住んだ――志藤から聞かされた情報は、それだけだった。

もちろん検事の力をもってすれば、目黒の現在の連絡先など、より詳しい情報を入手するのは簡単だ。

でも、これは柚木の個人的な調査だ。下手に詮索《せんさく》をされるようなことは避けねばならない。それに必要以上に興味を持たれてもまずいので、柴河原《しばがわら》に依頼することもはばかられた。

柚木は志藤から聞いた情報を元に、自ら地元の交番をいくつか回って歩いた。

そしてほどなくして、目黒雄治の自宅が判明した。

「ああ…それならこの通りをまっすぐ行って、高台の横道を右に曲がれば、すぐですよ」

人の良さそうな恰幅《かっぷく》のいい巡査が、道路を指し示して説明する。

柚木が検事と聞いて、一瞬「何か事件の捜査で?」と緊張したものの、ごく個人的な訪問だと言うと、巡査はホッとして表情を和らげた。

「この辺は昔から閑静な住宅街だったんですが、年々、物騒な連中も見かけるようになって」

「そうなんですか」

「なので、下手に道案内をするのも不用心でしてね…。嫌な世の中になりました。検事さんにも先ほどはご身分を伺《うかが》ったりして、申し訳ありませんでした」

「いえ…。住民の安全を守るためですから、当然のことです」

柚木は、できれば一刻も早く目黒宅へ…と逸《はや》る気持ちを抑えつつ、相づちを打った。

それをようやく察したのか、巡査は柚木に向かい、頭を掻いて苦笑した。

「いやぁ、お急ぎのところ、すっかりお引き留めしてしまって…。目黒さんのお宅は、庭先の芙蓉《ふよう》の花が今、満開なんで、すぐにわかると思いますよ」

「そうですか。目印があると助かります。どうもありがとうございました」

「……でも」

頭を下げ、踵《きびす》を返した柚木の背に、後ろ髪を引くような声が響く。

柚木は訝《いぶか》しげに背後を振り返った。

「いえ…もちろん検事さんは、ご承知の上で聞かれたんだと思いますが、一応念のために」

恐縮げに言って巡査は、言葉を続けた。

「――実は、六年前に亡くなられてるんですよ、目黒雄治さんは」

目黒雄治は胃ガンで亡くなっていた。

今年がちょうど七回忌だったのだという。

ショックを隠し切れずに訪れた目黒家には、長男夫婦が住んでいた。

だが、あいにく長男は出張中で、妻は名刺を差し出す柚木にどう対処していいのかわからず困惑していた。結婚してまだ四年目だというから、それも当然だろう。

長男にしても柚木と同年代のようで、事件があった時はまだ学生だったはずだ。

はたして事件についての話が聞けるかどうかは疑問だった。


「志藤……おまえ知っていて、俺を騙したのか」

翌日――取り調べの後、柚木は永森《ながもり》を退席させ、志藤に切り込んだ。

それまで志藤は、相変わらず人を食ったような態度で柚木に相対していたが、その言葉に、一瞬大きく目を見開いた後、声を上げて笑い出した。

「ようやく気づいたのか。ずいぶんと時間がかかったな。昨日は取り調べがなかったから、おかしいなとは思ってたんだが…。柚木おまえ、わざわざ目黒の家まで行ったのか？」

「志藤、おまえやっぱり…」

「そりゃいい。仏壇に線香でも上げてきたか？　俺みたいなチンピラじゃなく、お偉い検事さんなら、さぞかし目黒の家族も歓待してくれただろう」

「いい加減にしろっ」

柚木は我慢し切れず、声を荒らげた。

やはり志藤は目黒がとうに死亡していたことを知っていたのだ。

「もう少し人を疑えよ、検事さん」

しかも志藤は、なおもおかしそうに肩を揺らして続ける。

「でも、これでおまえもホッとした、ってのが本音だろう。下手に事実を知る証人に生きていられちゃ、たまらないからな」

「どういう意味だ？　俺はただ、真実が知りたかっただけだ」

「きれいごとを言うな。だったらおまえはそれを知って、どうするつもりだった⁉　どうせ親父のために、事実を揉《も》み消す気でいたんだろうが」

「違う。俺は…」

自分のためだけでなく、おまえのためにも…おまえができなかった分も究明しようと――

そう言いかけて、柚木は唇を噛んだ。

たとえ志藤の置かれた境遇が、どんなに同情に値するものだったとしても、彼にしてみればそれは、ただの偽善にすぎないのだと気づいたからだ。

でも、それとは別に、柚木にはある決意があった。

だからこそ、志藤に騙されたことが、たまらなく悔しかったのだ。

「……俺は、目黒さんに会って、もしも父が事件に関与していたことが…裏で父が画策したことがわかったら、今からでも告発は厭《いと》わない……そう思っていたんだ、志藤」

柚木は志藤を見据え、きっぱりと言った。

瞬間、志藤は息を詰め、瞠目し、どこか痛んだかのようにクシャリと顔を歪ませた。

まるで、昔と少しも変わらない柚木の誠実さに、胸を突かれたかのように。

だがそれは、すぐに皮肉げな笑みの下に消えて。

「今からでも、告発？ 笑わせるな。どこの世界に自分の父親を告発する検事がいる？ 嘘をつくなら、もっとましな嘘をつけ」

「嘘じゃない、俺は本気で…」

「口ではなんとでも言えるさ。何せ、証人が死んでるんだからな」

「違う」

「心の底では、口封じをする手間が省けたとでも、思ってるんだろうが」

「志藤！」

バンッと机を叩きざま、柚木が立ち上がった途端だった。

コンコンとノックの音が聞こえた。

柚木は一瞬硬直し、ドアを見つめる。

だが、今の言い合いを聞かれていたかもしれない、などと懸念する暇はなかった。

その音には、どこか急くような気配が感じられたからだ。

「どうぞ」

答えると同時に、勢いよくドアが開かれ、永森が息せき切りながら入室してきた。

「どうした。何があった？」

尋ねると、永森は志藤を気にしつつも、「検事。大変です」と声をひそめて言った。

「たった今、長谷部《はせべ》が出頭してきたと、県警から連絡が入りました」

「長谷部というと…志藤が事件当日、一緒に車で遊び歩いていたという男か」

「そうです」

机に手を突き、身を乗り出す柚木に、永森が大きくうなずく。

それを振り返り見る志藤の口から、「来たか」と小さく安堵《あんど》の呟きが洩れた。

「長谷部は志藤を被害者宅の近くで降ろした後、この一週間、女とハワイに飛んで、志藤の事件を知らなかったそうです」

「女と、ハワイに？」

「はい。その際、自宅に携帯を置き忘れていったようで」

「だから今まで、連絡がつかなかったのか。だったら、志藤のアリバイは…」

「成立します。夕方午後五時すぎから九時直前まで、志藤とは一緒だったと供述しています」

志藤がヒュ～ッと口笛を吹いた。

「これで俺も、ようやく無罪放免だな」

だが、永森はそれを横目に、さらに柚木に向かい、報告を続ける。

「それと、もう一件。ほぼ同時に、大阪府警から急報が入りました」

「大阪府警？」

「はい。別件で府警に逮捕された男が、取り調べの最中に、自供を始めたそうです」

「自供……って、まさか…」

「──そうです。三上茉莉香《みかみまりか》殺しの自供です」

息を呑む柚木に、志藤もまた大きく目を見開いた。

◆

またな、柚木──志藤は高笑いをしながら、地検を出ていった。

アリバイが立証されただけでなく、真犯人が捕まってしまったのだから、釈放は当然の結果だった。

大阪で逮捕されたのは久保田《くぼた》という中年の男で、交通事故を起こし、事情聴取を受けている最中の態度が不審だと警官に突っ込まれ、つい口を滑らせたらしい。

取調室で本格的に尋問されて、緊縛プレイ中に茉莉香を死なせてしまい、逃走していたと白状したのだという。

「……柚木検事。よろしいんですか」

「いいも悪いもない。証拠がなければ、何も立証できないのは、永森さんも承知だろう」

嘆息交じりに答えてはみるものの、柚木も永森同様、釈然としない気持ちだった。

確かに志藤の殺人容疑は晴れた。

たとえ、志藤が犯行後の現場に立ち寄り、茉莉香の死体を発見しながら通報もせず逃走したのだとしても、それだけで彼を罪に問うことはできない。

刑法上、犯罪の目撃者には、罰則を伴う通報義務はないからだ。

だが、永森も柚木も、志藤にはもっと大きな疑惑を抱いていたのだ。

それは犯人蔵匿罪《ぞうとくざい》——犯人をかくまったり、逃走の手助けや身代わりをするなど、犯人の発見を困難にさせる罪だ。

「あの時、志藤は『来たか』と呟いた。まるで長谷部が出頭してきて、自分のアリバイを立証してくれると、あらかじめ知っていたかのように」

「ええ。だから弁護人も頼まず、悠然として容疑を否認していたのかもしれません」

「こんな状況の中、頼みの綱の友人が、携帯を置き忘れて海外旅行に出かけていたと知ったら、出頭してきてくれてよかったと安堵しつつも、いったいあいつは何をやってるんだと、悪態の一つもつきたくなるのが心情だろう…」

腕を組み、渋い表情をして言う柚木に、永森もまた重々しくうなずく。

「なのに、志藤は当然という顔をしていました」

「ああ。それに反して、真犯人が捕まったと聞いた時は絶句していた。志藤にしてみれば、それは予定外の出来事だったに違いない」

「ええ。わたしもそう思います」

志藤はバーテンダーをするかたわら、違法ぎりぎり、もしくは抵触《ていしょく》するような内容の仕事も引き受ける雑務請負業を営んでいると、調書にはそうあった。ということは、もしかしたら志藤は、久保田が逃走するための時間稼ぎを請け負っていたのかもしれない――。

柚木と永森はそう疑っていたのだ。

久保田は、茉莉香を死なせてしまった後、なんらかの方法で志藤に連絡を取った。

志藤はそれを受けて、久保田をすぐに逃走させ、急いで茉莉香の部屋を訪れた。

そして彼女の携帯から自分の携帯へ電話をかけ、周囲の指紋を拭き取り、自分に疑いがかかるよう、適度に指紋を残して立ち去った。

と同時に、長谷部にアリバイ工作を依頼した。

おそらく、志藤が勾留されて一週間後に出頭することなどを、事前に取り決めておいたのではないか――あくまで憶測だが、そう考えると、辻褄《つじつま》の合うことが多かった。

だが、改めて犯人蔵匿の疑いで拘留するには、証拠も証言もなさすぎる。

大阪から横浜に移送されてくる久保田の取り調べを待つより、今は術《すべ》がなかった。

『またな。柚木』

そう言って高笑いをしながら片手を挙げる志藤の姿が、脳裏を過《よ》ぎる。

柚木は奥歯を嚙《か》みしめた。

結局は志藤に欺《あざむ》かれ、騙され、踏みにじられただけの再会だったのかと。

志藤には、柚木の気持ちは何一つ伝わらなかった。

真相を明らかにしたいという強い願いも、場合によっては父の糾弾も辞さないという気持ちも、志藤の無念を少しでも晴らしたいと思う贖罪《しょくざい》の念も。

――何もかもあいつは嘲笑《あざわら》いながら、切り捨てた…。

志藤にとっては、もはや真相の究明など、どうでもよかったのだろう。

目黒が死んでしまっている以上、それが叶わないことは百も承知だったに違いない。

もしかしたら、真実はもっと別のところにあって、志藤はただ積年の恨み辛みを晴らしたくて、柚木を苛《さいな》んでいただけかもしれない。できることなら、ともに肩を並べて笑い合ったあの頃に戻りたいと、願う柚木の気持ちなど知る由もなく。

――平気で殺人犯の逃亡を手伝うような奴だ。あいつはもう、昔の志藤ではないんだ…。

込み上げる苦い思いに、柚木が自分に言い聞かせた途端だった。

鳴り響く電話の音に、柚木はハッと我に返った。

永森が受話器を取り上げ、応対し、視線をこちらに向ける。

「検事。目黒さんという男の方から電話が入っています。お繋《つな》ぎしますか」

その名に、柚木は大きく目を見開く。

「繋いでくれ」

即答すると、柚木はすぐさま受話器を手に取った。

聞こえてきたのは聞き覚えのない、だが丁寧な口調で挨拶をする男の声だった。

『初めまして。わたくし、目黒雄治の息子の光晴《みつはる》と申します。今、よろしいでしょうか』

「ええ。大丈夫です」

答える柚木の手に、ギュッと力がこもる。

『実は昨日、家内から父のことで、検事さんがいらしたことを聞いたんです。あいにく不在だったものでお会いすることができず、申し訳ありませんでした』

「いえ…事前に電話も差し上げず、いきなり伺ったわたしのほうが不躾《ぶしつけ》でした」

どうやら目黒光晴は、出張先から電話をかけてきたらしい。その旨を告げて、さっそく本題を切り出した。

『なんでも検事さんは、昔の事件のことで、亡くなった父を訪ねていらしたとか…』

「そうです。すでに雄治さんが亡くなられているとは知らず、大変申し訳ありませんでした」

柚木は慎重に返答した。

柚木は訪問時、詳しい内容はほとんど話さなかった。

いくら真実を知りたいとはいえ、これはあくまでも柚木個人としての調査だ。検事として事件の捜査にあたっているわけではない。

目黒雄治当人ならいざ知らず、十三年も前の事件のことで、今さら息子夫婦を煩《わずら》わせるのも…と思ったからだ。

でも、もしもなんらかの手かがりを得られるなら――そう考えて、柚木は目黒の妻に名刺を渡してきたのだが。

『もしかしてそれは、十三年前の、N証券の事件のことでしょうか』

「……ええ。そうです」

柚木が緊張を隠さず答えると、『やっぱり…』という呟《つぶや》きが耳に聞こえた。

『いえ…実は、そのことでしたら、わたしも検事さんに折り入ってお話ししたいことがあるんです。お会いできますか』

受話器を持つ柚木の手が、ジワリと汗ばんだ。

◆

目黒光晴と会ったのは、その週末だった。

光晴が出張から戻るのを待って、柚木は再び鎌倉に出向いた。

そこで柚木は光晴から、驚くべきものを手渡された。そしてそれを持ち、柚木は父・忠貴《ただたか》に会うべく、翌日の夜、横浜地検からまっすぐ都内の実家へ赴《おもむ》いたのである。

「いったい、これはどういうことですか」

柚木は、父の書斎の机の上にそれを置き、毅然《きぜん》として尋ねた。

父は帰宅したばかりで、まだスーツを着たまま椅子に座り、柚木と向き合っていた。

その顔は、息子の検事さながらの厳しい態度に、不機嫌そうに歪《ゆが》められていた。

「父さんには説明の義務があります。中を見て、答えてください」

柚木は今一度、机の上に置いた革張りのそれを、父の前に滑らせた。

それは、光晴から手渡された、目黒雄治の日記帳だった。


「検事さんのお名前は、柚木さん…でよろしいんですよね？」

目黒家の仏間に通された柚木は、光晴の言葉にうなずいた。

すると光晴は、仏壇の引き出しの中から黒い革表紙の冊子を取り出し、座卓の上に置いた。

「これは、父の遺品の中から見つかった日記帳です」

柚木は息を詰めた。もしかしたらそこには、事件の真相を明らかにするようなことが書かれているのかもしれないと思った。

「この中には、父がN証券に勤めていた時、上司だった柚木部長という人物がたびたび出てきます。その方と検事さんとは、いったいどういうご関係なのでしょう。もしかして…」

「ええ。それはおそらく、わたしの父です」

淀《よど》みなく答えると、今度は光晴が息を詰めた。

そして、柚木の真意を探るように問いかけてきた。

「……検事さんは、なぜ十三年も前の事件を、今になって調べる気になられたのですか」

それは当然の疑問だった。もしもそこに何か重要なことが記されているのだとしたら、安易に他人には見せられないだろう。柚木は慎重に言葉を選んだ。

「そこには、志藤部長という方のことは、書かれていますか」

光晴は、一瞬戸惑ったようだが、すぐに「はい。何度も繰り返し出てきます」と答えた。

柚木は座卓の下で、ギュッと手を握りしめた。

耳の奥で、志藤の声がよみがえる。

『目黒が柚木部長の命令で、親父にインサイダーを持ちかけた奴《そいつ》だ』

――なんてことだ…。志藤の言うことは、やっぱり本当だったのか…？

柚木は波立つ気持ちを抑えつつ、口を開いた。

「実は先日、その志藤部長の息子さんと、十三年ぶりに再会したんです。息子さんは孝一郎《こういちろう》といって、学生時代、わたしの最も親しい友人でした」

「志藤部長の息子さんが……検事さんのご友人…？」

光晴は驚愕《きょうがく》に目を見開いた。

「ええ。その孝一郎が教えてくれたんです。目黒雄治さんが、当時の事件の真相を知る鍵なのだと」

「……検事さんは、真相をお知りになりたいんですか」

「もちろんです」

柚木は深くうなずいた。

「当時、事件を機に、志藤一家が崩壊していくのを、わたしは目の当たりにしました。そして親友の危機に、何も手助けしてやれない自身が悔しくてならなかったんです。当時、わたしと孝一郎は同じ大学で学ぶ学生でした。あの時、事件さえ起こらなければ、彼は今のわたしと同じように…いや、それ以上に優秀な検事になっていたかもしれない…。なのに孝一郎は、家族全員を失い、今ではヤクザまがいの、あんな荒《すさ》んだ人間に…」

嚙みしめるように言う柚木の脳裏に、志藤の姿が次々と浮かぶ。

底の見えない昏《くら》い目に、憎悪を滾《たぎ》らせる志藤。

人を人とも思わない嘲笑を浮かべ、罵声を撒《ま》き散らす志藤。

かつての親友を嬲《なぶ》り倒し、辱《はずかし》める志藤。

昔の面影など、かけらも感じられないその姿が、眼前の黒い日記帳に、吸い込まれるように消えていく。

まるで、すべてがそこに起因しているかのように。

「あの事件がなぜ起きたのか。彼がなぜ、あんな目に遭わなければならなかったのか。その原因を作ったのが、誰なのか……わたしは、それが知りたい。そして必要とあれば、検事の使命として、その人物を告発するつもりです」

柚木は日記帳から光晴に視線を移し、きっぱりと言った。

「――たとえそれが、どこの誰であっても」

「……バカバカしい」

五分もしないうちに、父の忠貴は手に持っていた日記帳をバサリと机に捨て置いた。

「バカバカしい？　そんな一言で、この一件を終わらせるつもりですか」

柚木の険《けわ》しい口調に、父は深く嘆息し、腕を組んで背もたれに寄りかかった。

「終わらせるも何も、こんなもの、とうの昔に終わっている話だろうが」

「終わってはいません。そう思っているのは、父さん……あなただけだ」

柚木は静かに、だが断固として言った。

「目黒雄治は当時、父さんの部下だった。目黒は会社の金を横領しており、その穴埋めに財務管理部員として知り得た情報を活用して、密かにインサイダー取引を行っていた。それを父さん…柚木部長に気づかれ、告発されたくなかったら言うことを聞けと脅された。……ここには、はっきりとそう書かれてあります」

柚木は日記帳を手に取り、ぱらりとページをめくった。

「読み上げてみましょうか？　『某月某日。柚木部長は俺に言った。Y製薬の株が、じきに高騰するという情報を流し、志藤部長にインサイダー取引を勧めろと』。『某月某日。志藤部長と酒を飲んだ。俺がしきりに「柚木部長とは相性が合わない。やっぱり志藤先輩が一番信頼がおける」とぼやいてみせると、志藤部長は「そんなことは言うな」とたしなめつつも、たいそう嬉しそうにしていた。…騙すのは簡単だった』」

「……」

「当時は今のように、まだインサイダーに厳しい時代ではなかった。株で一山当てた人間は、かえって先見の明があると賞賛されることすらあった。志藤部長もＹ製薬の株が高騰すれば、社内でも高く評価されたでしょう。でも、結果はあまりにも悲惨なものだった…」

柚木は、渋面のまま沈黙している父に向かい、目黒の懺悔《ざんげ》を淡々と音読した。

『こんな大事になるなんて思わなかった。俺は志藤先輩に、なんてことをしてしまったんだ』

『嘘だ。嘘だ。こんなこと、嘘だ。悪い夢だ。許してください。許してください』

『先輩が死んだ。奥さんも死んだ。娘さんはヤクザに拉致《らち》された。全部、俺のせいだ。俺はきっと地獄に落ちる』

『恐い。眠れない。目をつぶると、頭が半分ない先輩が血みどろで追いかけてくる。恐い』

改めて読み進めていくうちに、柚木は目黒も被害者だったのだと思い知る。

ことの発端は自身の横領だ。同情の余地はない。

でも、それを盾に取って志藤家を破滅させ、目黒も死に追いやったのは、ほかならぬ柚木の父だったのだ。

『父は死ぬまで事件のことを悔いていました。なので、検事さんに日記をお渡しすることで、父の御霊も少しは安らぐでしょう』

目黒雄治は、退社後、精神を病み、その後胃ガンになり、亡くなったのだという。事件から数年後、志藤と名乗るチンピラ風の男が訪ねてきてから、急激に病状が悪化したらしい。

その時は警察を呼んで、男を追い払ったと、光晴は言った。

『その男が、志藤部長の息子さんだったのかもしれないと気づいたのは、父が亡くなり、日記帳が見つかってからのことでした』

「目黒は、良心の呵責《かしゃく》に耐え兼ねて病気になり、死んだんです。自分のしたことが、あまりにも惨《むご》い結果をもたらしてしまったから」

柚木はパタンと日記を閉じた。そして、眼前の父をひたと見つめる。

耳の奥で、志藤の絞り出すような低い声がよみがえった。

『俺の親父も、おふくろも、姉さんも、殺されたんだ。おまえの父親……柚木忠貴に』

その言葉が柚木の胸を鋭く抉る。

なのに、父は腕を組んだまま、悪びれもなく言った。

「だから、どうだと言うんだ？　頭がおかしくなった男が書いた日記の、どこに信憑性《しんぴょうせい》がある。何の証拠にもならんだろう。バカバカしい」

再びそう吐き捨てる父に、柚木は声を荒らげた。

「そういう問題ではないでしょう！」

「だったら、こんなことをして、いったいおまえは何がしたいんだ？　わたしを告発しようとでも言うのかっ」

「ことと次第によっては、そうするつもりです」

バンッと父が机を叩いた。

「和鷹《かずたか》っ、おまえ何年、検事をやっている⁉　インサイダー取引の時効は五年だぞ、五年？　今さら騒いでどうなるというんだ⁉」

「だったら、潔く辞職してください。自分の罪を認めて。この事件で、いったい何人の人が亡くなっていると思っているんですか」

一歩も辞さない息子を前に、父はさらに険しい顔をする。

辞職――それは柚木にとって、父親に対する最大限の譲歩だった。今さら父を刑事罰に問うことは不可能だろう。だからこそ柚木は自分の手で、父を裁かねばならないと覚悟していた。

「罪だと…？」

だが、父はそれすらも一笑に伏した。

「わたしがいったい、なんの罪を犯したと言うんだ？　確かに私は情報を流せと、目黒に指示した。だが、その話に乗ったのは志藤だろうが。これは単なる駆け引きだ。食うか、食われるかの時代の、必要悪だっただけだ」

「必要悪？」

「そうだ。わたしが今の地位を築けたのも、今おまえが検事でいられるのも、あの時のわたしの英断があったからだ。息子のおまえから責め立てられる筋合いはない」

「それのどこが英断だと…必要悪だと言うんですか⁉　詭弁《きべん》もはなはだしい。あなたのせいで、志藤は……志藤一家は崩壊したんです。あいつがこの十三年間、どんな思いで生きてきたのか……父さん、あなたに想像がつきますか⁉」

もう我慢がならなかった。

柚木は叩きつけるように言って、椅子から立ち上がった。そして冷ややかに父を見下ろす。

「――今日を限りに、わたしはあなたを父とは思わない」

言った途端、父は息を呑んだ。

柚木はそれを無視して、背を向けた。

「和鷹、正気か⁉」

柚木はドアの前まで来て、父を振り返った。

「……これですむとは、思わないでください」

「何を考えている、和鷹っ。バカな真似をすれば、おまえもただではすまないんだぞっ」

「無論、承知の上です。これでもわたしは……検事ですから」

冷酷に言い放ち、柚木はドアノブを引く。

その背に再度、息子の名を呼ぶ父の声が響いたが、柚木はもう振り返らなかった。

◆

東京の実家から横浜に帰り着いた柚木は、N駅に降り立つと、深く息をついた。

柚木の住むマンションは、N駅から歩いて十分程度の所にある。

だが、こんな昏い気持ちのまま、まっすぐ帰宅して冴子《さえこ》に詮索《せんさく》されるのも面倒だ、そう思った矢先に、シーズの亜麻音《あまね》から「柚木さんに会いたいわ」とメールが入ったので、いっそう気が滅入ったのだった。

こんな時にいらない気は遣いたくなかった。かといって知らぬ店で飲む気にもなれず、柚木は少し遠回りをして帰ろうと、いつも通らない道に足を伸ばした。

父のことは正直かなり堪《こた》えていた。

目黒の日記を読んでなお、心の片隅では父を信じたいという気持ちがかすかにあったからだ。

父が事件に関与していたことは、もう疑いようがない。

だが、父はそれを今まで否定しつつも、心のどこかではずっと後悔をし続けてきたのではないか――。

柚木は、息子の自分が問えば、父は必ずその気持ちを明かしてくれるのではと思っていた。

でも、甘かった。

父の言動には後悔どころか、罪悪感のかけらも見られなかった。

私利私欲のためには何を犠牲にしてもかまわないという、法廷の被告人席で柚木が何度となく見てきた、見下げ果てた人間の姿がそこにはあった。

けしてこのままにはしておけない――柚木は強く自分に言い聞かせた。

――でなければ志藤に対して、申し訳が立たないどころか、顔向けすらできやしない…。

『不正を暴いて真実を明らかにするのが、検事の仕事だろ。なのに自分の足元が腐ってることにも気づいてないって、冗談にもほどがあるんじゃないのか』

思い出される志藤の声に、ズキッと胸の奥が鋭く痛む。

『なぁ…柚木…笑えるだろう？　家族三人の命の対価が、たったの百万だぜ』

あの時、志藤は柚木の父を刺そうと、ナイフまで持参して乗り込んだと言った。

だが、社員たちに取り押さえられ、父に香典代わりだと金を渡されて、志藤はどんなにか腸《はらわた》の煮えくり返る思いをしたことだろう。刺し違えてでも…と言った志藤の激しい憤りや憎悪が、今は柚木にもよくわかる。

でも、あの時は自分も志藤も、まだ十九歳だった。

そんな青二才の身で、あの父に、いったいどう太刀打ちができたというのか。

柚木さえ十三年もの間、まんまと騙され続けてきたというのに。

通りを行く柚木の頰に、ぽたりと水滴が落ちた。

見上げた夜空は曇天で、今にも雨が降り出しそうだった。柚木は歩調を速めた。

だが、雨脚は急速に強まる。柚木はどこか雨宿りができないかと周囲を見回し、通り向こうに見える公園に、傘状の日よけがある円形のベンチを認めて、小走りにそこへ駆け込んだ。

雨は見る間にザアザアと音を立て、地面に白い飛沫を上げて降り出した。

柚木はポケットからハンカチを取り出し、濡れた頭やスーツを拭いた。

途端に辺りがカッと青白く光り、雷鳴が轟《とどろ》いた。

その中で柚木は思い出す。

こんなふうに激しい雨が降っていた、あの夜のことを。

『――いいざまだな、柚木』

男たちに次々と犯され、助けてくれと叫ぶ柚木を、志藤は酷薄な笑みを浮かべながら見下ろしていた。

『これはな、柚木……俺が指示して、やらせたんだ』

ブルッと躰が震えた。

思い出したくもない陵辱《りょうじょく》の記憶が、生々しくよみがえる。

でも、あの時の志藤には、ああするよりほかはなかったのだ。

何も知らず、のうのうと生活している柚木《じぶん》に刃《やいば》を向けることでしか、志藤はその無念さを晴らすことができなかったのだ。

「……志藤…っ」

胸を切り裂かれるような痛みが、柚木を襲う。そのままくずおれるようにベンチに腰を落とすと、再び稲妻が走り、周囲を青白く照らし出した。

柚木は反射的に空を振り仰ぎ、そして瞠目する。

日よけの屋根の内側の一部に、白い蛾がびっしりと留まり、その翅《はね》を休めていたからだ。

その光景に、耳の奥で低い声がこだまする。

『――これは復讐だぜ……柚木』

大地を揺るがすように鳴り響く雷鳴。

足元を濡らす激しい水飛沫。

ギュッとハンカチを握りしめる柚木の手が、小刻みに震えた。

この手に弓矢を持ち、ともに戦い、優勝の喜びを分かち合った日は、はるかに遠く。

光と闇ほどに、二人の世界は隔《へだ》てられてしまった。

できるなら、あの頃の自分たちに戻りたい――それが、どれほど叶わぬ夢なのか…虫の良すぎる願望なのか。

柚木は今さらながら思い知る。

「……志藤……すまない……志藤……」

降りしきる雨の中、柚木は微動だにしない蛾の群れに向かい頭を垂れて、何度も謝罪の言葉を繰り返した。

5

「検事、捜査報告書と検証調書の準備はすみましたが、ほかには？」

「いや、あとはわたしがまとめて、次席検事に提出する。そこまでやっておいてもらえれば充分だ。今日はもう上がってくれてかまわない。ありがとう、永森さん」

柚木がマウスの手を止めて言うと、永森はうなずいて机上のファイルを整理し始める。

予定されていた公判が始まり、柚木はこのところ忙しい日を送っていた。

もちろん、例の事件のことを忘れたわけではない。だが、それはあくまでも私的な問題だ。

公益の代表者たる検察官の義務と責任を放棄してまで優先すべきことではないと、柚木は地検にいる間は、手がけている案件を片づけることに専念していた。

「では検事、わたしはこれで失礼します」

「ああ。お疲れさま。遅くまですまなかった」

帰り支度をすませた永森に、柚木が答えた途端だった。机上の電話が鳴った。

時刻は午後八時をすぎている。この時間帯になると緊急連絡以外に、電話はほとんどかかってはこないのだが……――柚木がそう思うよりも早く、永森の手が受話器に伸びた。

「はい。柚木検事執務室です」

答える永森の顔が、ややあって険しいものに変わった。

「…検事。お電話が入っているそうです――志藤さんという方から」

柚木はハッと息を詰めた。その目が永森のそれとかち合う。

「……わかった。繋いでくれ」

「検事…」

送話口を押さえ、眉根を寄せる永森に、柚木はフッ…と微笑んだ。

「大丈夫だ。心配はいらない」

柚木がそう言うと、永森は何か言いたげに口を開きかけたが、結局繋いだ電話を保留にして、

「失礼します」と足早に執務室を出て行った。

その姿を見送って、柚木は一つ大きく息をついた。

覚悟はできていた。いつか近いうちに、志藤とは対面しなければならないと。

柚木は静かに受話器に手を伸ばした。

◆

公判用の書類を上司に提出し、地検を後にすると、柚木はまっすぐに横浜駅西口の歓楽街へ出向いた。その一角に、志藤の営むバーがあった。

志藤は電話口で、つい二週間ほど前、殺人事件の被疑者として勾留され、取り調べを受けていたとは思えないほど陽気な声で、『しばらくだな、柚木』と切り出してきた。

まるで旧知の友にでも話しかけるように。

『実は今日はな、おまえを俺の店に招待しようと思って電話したんだ。この間は、俺もおまえにいろいろ世話になっただろう。だから、その礼がしたい』

それは、額面どおりには到底受け取れない言葉だったが、柚木は深く追及しなかった。

「……いつだ？　店には、いつ出向けばいい」

『なんだったら今夜、これからってのはどうだ？　それともお忙しい検事さんは、この週末、何か予定でもおありだったかな』

皮肉げに問う志藤の口調を思い出しながら、柚木は飲み屋や風俗店の毒々しいネオンや看板がひしめく雑居ビルに足を踏み入れた。そして、『Survivor's guilt』という名の志藤のバーが地下一階にあることを確認すると、狭い階段を下りていく。

『店の名前はな……サバイバーズギルトだ。俺にぴったりの店名だろう？』

そう言って笑った志藤に、柚木は唇を噛みしめた。

サバイバーズギルト――。

それは事件や事故に遭いながら、奇跡的に生き延びた人間が、亡くなった人に対して感じる罪悪感のことをいう。

それをあえて店名にした志藤の気持ちを思うと、胸がしめつけられるように痛んだ。

柚木は見るからに怪しげな店のドアが並ぶ、ごみごみとしたフロアに降り立つと、スーツの襟《えり》から検事バッジを外した。いらない揉《も》めごとは起こしたくなかったからだ。

店のドアには、意外にも『open』の札がかかっていた。

もしかしたら志藤は、店を閉めて自分を待ちかまえているのかもしれないと思っていたのだ。

ドアを開けて中に入っていくと、煙草の煙がスモークのように立ち込めていた。

店内は奥に細長く、カウンター席がメインでテーブルは三卓しかない。

突き当たりの壁にはダーツボードが幾つかかかっていたが、数人いる客の誰もがゲームに興じている様子はなかった。

「よう、来たか、柚木」

カウンターの奥にいるバーテンダーが言った。志藤だ。

途端に一癖も二癖もありそうな客の目が、いっせいにこちらへ向けられ、柚木は緊張する。

「誰、あいつ。さっき言ってた、待ち人？」

カウンターに座る茶髪の男が、顎《あご》をしゃくって聞く。

それに対し、蝶ネクタイとベスト姿の志藤が「ああ。俺の学友だ」と大仰に答えると、途端に客の男たちはギャハハと下品な笑い声をあげた。

「今時、学友はねーだろ、コウ。それって、いつの時代の言葉だよ」

コウというのは孝一郎のコウだろうか。男たちは親しげに志藤をそう呼んでいる。

「へぇ～…、コウの友達？　にしては、すっげーまともじゃん」

「なぁなぁ、アンタ、きれーな顔してっけど、もしかして、ソッチ系?」

男たちはニヤニヤしながら値踏みするような目でこちらを見つめ、不躾な質問をしてくる。

その態度に、柚木は志藤のテリトリーに足を踏み入れたことを、まざまざと実感した。

検事として七年間、鍛えられたせいで、こういう輩《やから》を相手にするのは慣れている。

だが、さすがに全員でかかってこられては敵わない。

柚木はその場に、じっと踏み留まり、身構えた。

男たちは、何を言っても聞いても動じることなく、立っている柚木に、やがて不満げに口を閉ざす。

「だから言ったろう。一筋縄じゃぃかねぇんだよ、こいつは」

傍観していた志藤が、おかしそうに笑う。

「――何せ、泣く子も黙る、地検の検事さんだからな」

瞬間、柚木はピクッと頬を引きつらせた。と同時に、周りからヒュ~と口笛が吹かれる。

これではバッジを外してきた意味がなかった。

「…ってことで、悪いが今夜はこれで店じまいだ」

だが、志藤は男たちがあれこれ詮索してくる前に、カウンターの中から出てきてそう言う。

「天下の検事さんにあることないこと暴き立てられたくなかったら、とっとと帰ることだな」

柚木はホッとした。少なくとも志藤に、彼らを焚きつける気はないらしい。

「えー。暴かれて一番困るのは、コウじゃねーのかぁ」

「だよな。俺らの比じゃねーって」

口々に悪態をつきつつも、男たちは皆、腰を上げる。

客とは言っても、志藤が連中を仕切っているのが伝わってくる従順さだ。

――でも、確かこの界隈は、暴力団・天龍組《てんりゅうくみ》のシマだったはず…。ってことは、彼らも志藤も、そっちの息がかかっているということか…。

「検事さん、楽しい夜を」

立っている柚木の横を軽口を叩いて通り抜けていく男たちには、やはりただのチンピラとは違う、もっと危険で凶悪な雰囲気が感じられた。

全員が店から出て行くと、志藤はドアの札を『close』にして、ガチャリと鍵をかけた。

その音に、柚木の緊張が一気に高まる。

志藤がここに自分を呼び出した意図はわからない。

だが柚木には、志藤にどうしても伝えなければならないことがあった。

「まぁ、座れよ。話はそれからだ」

志藤は柚木を促すと、テーブル席を片づけて、再びカウンターの中へ戻った。

柚木はゆっくりとカウンターに歩み寄り、椅子に腰をかけた。

正面の壁には、数え切れないほどの酒瓶とグラスが並べられた棚がある。

その棚も、壁紙も、ところどころに傷のあるカウンターテーブルも、よく使い込まれていて、この店がけして新しくはないことが見て取れた。

「驚いただろう、こんな場末のバーで。でも連中の言うように、今の俺にはこの程度が似合いだからな。それにこれでも一応、雇われバーテンじゃなく、俺がこの店のオーナーなんだぜ」

そう説明する志藤は、取調室で牙を剝いていた男とは少し違って、穏やかさが感じられた。

「何を飲む」

尋ねてくる声にも棘《とげ》がない。だからこそ、気持ちが揺れそうになる。

「いや…酒はいい」

「俺の酒は飲めない、ってか?」

「いや、そういうわけじゃないが…」

「だったら無難なところで、ダイキリはどうだ」

「……わかった。それでいい」

答えると、志藤はフッ…と微笑んで、背後の棚からホワイトラムのボトルを引き抜いた。

そして手慣れた所作でシェーカーに注ぎ、ライムも加えてカクテルを作っていく。

志藤は留置場にいた時よりも、はるかに身綺麗にしており、顎以外の髭はすっきり剃られて、頭髪も乱れなく後ろで括られている。

そのせいか、ストイックなバーテンダーの服装が、とてもよく映えている。

――そういえば志藤は、白い弓道着に黒袴も、よく似合っていた…。

無論、眼前でシェーカーを振る姿と、あの凜々しい立ち姿は、ぴったりとは重ならない。

それでも柚木を、充分懐かしい気持ちにさせた。

「……できたぞ」

白いカクテルが注がれた逆三角形のグラスが、スッ…とカウンターに差し出される。

見れば志藤の手元にも、同じものが置かれていた。

「乾杯だ、柚木」

何に？　と尋ねる間もなく、志藤がグラスを前に掲げてくる。

柚木はそれに応じるようにグラスを持ち上げた。

リン…と触れ合ったグラスが心地よい音を立てる。それにつられて柚木は酒に口をつけた。

「……旨いな」

一口飲んで、そう呟いて、志藤が「そうか」と嬉しそうな顔をするので、柚木は再びグラスを傾けた。冷たくてほのかに甘いラムとライムの酒が、喉を滑り落ちていく。

志藤はそれを、じっと見つめていた。

「――秋霜烈日《しゅうそうれつじつ》のバッジ……外してきたんだな」

いきなり言われて、柚木はハッとして志藤を見つめ、そして襟元に目をやった。

秋霜烈日のバッジとは、検事バッジのことをいう。

秋の冷たい霜と、夏の激しい日差しを象《かたど》って作られたそれは、刑罰が非常に厳しいことを意味しているといわれる。だが――。

「検事には、霜の如き厳格さばかりではなく、陽射しのような暖かさも必要……だったか？」

思い出すように言う志藤に、柚木は目を見張る。

それは大学の法科で一緒に学んだ時に、講師が秋霜烈日のバッジについて語った言葉だった。

——それを志藤は、まだ忘れずに覚えていたのか…。

ズキッと心臓が突き刺されるように鋭く痛む。

もしも、あの事件さえ起きなければ、やはり志藤は自分と同じように、法曹関係の職に就いていたに違いない。そう思うと、グラスを持つ手が小刻みに震えた。

「まぁ、仕方がないよなぁ…。どんな連中がたむろってるかもわからない店に、突然呼び出されたんだ。身分を隠そうとするのは当然だ。ここに来てくれただけでも、感謝しないとな」

自嘲ぎみにそう言って、志藤はポケットから煙草とライターを取り出し、火を点ける。

青白い炎が揺れる中、小首を傾げて目を細めるその姿は、その昔、弓道場の片隅でほつれた 弽《ゆがけ》を繕《つくろ》う志藤の姿を彷彿《ほうふつ》とさせた。

『いい加減、自分でやれよ、柚木』

『いいだろ、志藤は手先が器用なんだし。それにおまえに直してもらうと調子がいいんだ』

『…ったく。おまえのだけ、特別だぞ』

そう言って苦笑いをする志藤の面影に、柚木の胸が切なくしめつけられる。

「……志藤…」

絞り出すように言って、柚木は椅子から立ち上がった。そして、深々と低頭する。

「——すまない、志藤。すべては、おまえの言うとおりだった。…このとおりだ」

志藤はライターの火もそのままに、固まった。

「……すまない……って……どういうことだ？」

訝しげな目をして問う志藤に、柚木は頭を上げ、きっぱりと答える。

「目黒雄治の日記が見つかった。そこに事件の真相が書かれていたんだ」

「目黒の、日記⁉」

パチンと蓋《ふた》を閉めたライターを握りしめ、志藤が驚愕に身を乗り出す。

「ああ。長男が俺に見せてくれた。そこには、俺の親父が目黒に指示して、志藤部長にインサイダー取引を勧めたことが、はっきりと書かれていた。目黒は会社の金を横領していたらしい。それを盾に、親父は目黒を脅迫したんだ」

「本当か⁉」

「本当だ。目黒は親父の部下だったが、志藤部長の大学の後輩でもあった。だから騙すのは簡単だったと…でも、あんなに大変なことになるとは思わなかったと…日記には、後悔と懺悔の言葉ばかりが綴《つづ》られていた」

「なんだと⁉　そんなものがあるなんて…」

「長男は、父親が亡くなって、遺品を整理した時に見つけたと言っていた」

志藤は再び罵声《ばせい》を吐き出して、ライターと煙草をカウンターに叩きつけた。

志藤が目黒の家に押しかけ、警察に追い払われたことは光晴から聞いて知っていた。

だが、今でもこれほどの遺恨をあらわにする志藤の、当時の気持ちを考えると、柚木は胸が塞《ふさ》がれる。

唯一の手がかりさえ断ち切られてしまった絶望と虚無感は、きっと計り知れないぐらい大きかったに違いない。

「……許してくれとは…言えない。父のしたことは、けして許されるべきことじゃない。それに、何も知らなかったとはいえ、俺も父と同罪だ」

その言葉に、志藤の目がスゥ…ッと細く、すがめられる。

「あの時、おまえがなぜ俺をあんな目に遭わせたのか……もっと深く考えてみるべきだった。俺はおまえを誰よりも信頼していたし、一生付き合っていける、かけがえのない友人だと思っていた。そして俺は、おまえも同じ気持ちでいてくれると、信じて疑わなかった。だから裏切られたとわかった時はショックで…。あれは、悪夢だったんだと思い込もうとして…。おまえがあんなことをする理由を……ああするしか復讐の術《すべ》がなかったおまえの気持ちを……俺は、もっと推し量るべきだったんだ」

うつむき加減で言う柚木に、志藤はゆっくりとカウンターの中から出てくる。

柚木は、歩み寄ってくる志藤をまっすぐに見つめた。

「志藤…。俺は、知らなかったではなく、知ろうとしなかったんだ。本当にすまない」

眼前で立ち止まる志藤に向かい、柚木は再び低頭した。

こんなことで許されるとは、元より思ってはいない。犯した罪は、相応の罰をもって償わなければならないのだと、柚木は誰よりも知っているし、今その準備もしている。

ただ今夜は、志藤に心の底から詫びたい一心で、ここに来たのだ。

「――何も知らなかった……か」

頭上から冷ややかな声が落ちてきた。と思う間もなく、柚木は顎を鷲づかみにされ、グイッと顔を上向かせられた。

「ああ…。確かにおまえは、何も知らなかったよな……柚木」

そう言って、志藤はどこか苦しげに顔を歪める。

それは憎しみや怒りだけではない、何かもっと別な感情が込められているようで――。

「あっ…志藤っ、う、んんっ」

気づいた時には、噛みつかれるように唇を塞がれていた。

あまりにも突然のことに、柚木は大きく目を見開き、硬直する。

その視界に、志藤の彫りの深い目元や、閉じられた瞼《まぶた》や睫毛《まつげ》が映り、柚木は志藤にキスされていることを実感した。

「んっ……ぅ、よせ…っ」

志藤の胸を押し、抗《あらが》った途端、ぬるりと舌が口腔《こうこう》に侵入してきた。

そのまま舌を搦《から》め捕られ、強く吸われる。それが嫌で、今度はドンッと志藤を強く突き放すと、引き剥がされた互いの唇から唾液がつぅ…と長く糸を引いた。

「…志藤っ…おまえ、何を…」

わけがわからなかった。

なぜ突然、謝罪の最中に、志藤がキスなどしてきたのか――。

混乱する柚木に、志藤が濡れた唇を舐めつつ言った。

「どうせおまえは、俺がこんなふうに、その唇を貪《むさぼ》りたかったことも知らなかったんだろう」

「なっ、志…んむっ…」

ものすごい力で引き寄せられ、再び荒々しく口づけられる。

しかも今度は、腕ごと抱き竦《すく》められているので、まともに身動きすらできなかった。

きつく吸われて目眩《めまい》がした。歯列を割られ、乱暴に舌を挿入されてジン…と背筋が痺れた。

だが、痺れはそれだけでは収まらず、じわじわと体内を侵食して手足に拡がっていく。

しかも脱力感までもが急速に襲ってきて、柚木は志藤の腕にぐったりと躰を預けた。

「効いてきたな……ようやく」

それを察して、志藤が唇を離し、薄く笑う。

「…何を…した……志…藤」

尋ねる間にも柚木の躰は汗ばみ、小刻みに震えが走る。

「別に。カクテルに、痺れ薬を仕込んだだけだ」

「痺れ…ぐす…り……あ…ぁっ」

驚く柚木の躰が、緩められた腕からずるりと滑って、志藤の足元に崩れ落ちた。

「……バカだな、柚木」

その上に、凍りつくような冷笑が降り注ぐ。

それは先刻、秋霜烈日を懐かしんだ声とは打って変わった、蔑みに満ちた声音だった。

「せっかく最後の切り札を手に入れたんだ。それを揉み消せば、いっさいの証拠はなくなるだろうに、わざわざそれを俺に教えるなんて、おまえは、どこまでお人好しなんだ」

言いながら志藤は膝を折り、呆然とうずくまる柚木のスーツに手をかける。

「しかも、バカ正直に謝罪してくるなんて。…ったく、気が知れないぜ」

「何を…する気だ、志藤…っ、よせ…っ」

かろうじて言葉は話せるし、首を動かすことぐらいはできる。

だが、志藤が薄笑いを浮かべながら、衣服を剝ぎ取っていくのまでは阻止できない。

柚木は為す術もなく、ワイシャツとネクタイだけを残して裸に剝かれた。そして、背後のテーブルの上に引きずり上げられ、仰向けに寝かされる。

力の入らない手足が、ダラリとテーブルの端から垂れた。そのせいで、ワイシャツの裾に隠れていた陰部が丸見えになり、柚木は恥辱に唇を噛んだ。

「何をする気か…だって？　そんなこと、聞くまでもない」

その姿を横目に、志藤はカウンターの下にある引き出しから何かを取り出し、柚木の躰の横にバラバラと放った。

瞬間、柚木は息を詰めた。

それは麻縄の束だった。

「まさか……これで…？」

絶句する柚木に、志藤が束の一つに手を伸ばす。

「言っただろう。俺の縛りは一流だって」

志藤は縄の結び目を解《ほど》き、両手でビンッと引っ張って強度を確かめる。

その目がギラギラとした光を放っているのを見て、柚木は大きく震えた。

「志藤…、よせ、バカな真似は…やめろっ…」

だが、首を振り、制止の声を上げても、志藤は耳を貸さない。白いワイシャツにくっきりと縄目が食い込むように手首を背中で縛り上げ、首や胸にも縄を回してくるのだ。

「全裸で緊縛《きんばく》するよりも、こっちのほうが格段に卑猥《ひわい》さが増す。お堅い検事さんには、ぴったりの縛り方だ」

くぐもった声で笑いながら、縄を括《くく》る志藤に、柚木は唇を噛みしめた。

なぜこんなことをするんだと、今さら問いかけるまでもない。

これは復讐なのだ。柚木を徹底して貶め、志藤自身が堕とされてもがき苦しんだ奈落《やみ》の底へ引きずり降ろすための、これは儀式なのだ。

だが、そうとわかってはいても、左足首と太股を密着させて縛られ、志藤がその縄をテーブルの下にくぐらせた時点で、自分がどんなに淫らな格好を取らされるのかがわかって、柚木は耐え切れず口を開いた。

「やめて…くれ、志藤っ…こんなのは…嫌だ」

すると志藤は「ああ。これだと、手が痛いな」と言いながら、柚木の躰を引き上げるようにして背中を壁に寄りかからせる。

だが、そのせいでかえって自分の緊縛姿がはっきり見えるようになってしまい、柚木はカッと赤面する。

「このほうが、おまえも興奮するだろう」

やはり志藤はわかっていて、わざとそんなポーズを柚木に取らせたのだ。しかも、志藤は柚木の右足首と太股を縛ると同時に麻縄を強く引き、柚木の脚を左右に開いて固定する。

「知ってるか、柚木？　これがM字開脚だ。いい眺めだぜ。何もかも丸見えだ」

そう言って高笑いする志藤に、柚木は奥歯を嚙みしめ、顔を横に背《そむ》けた。

だが、どんなに目を逸らしても、暴かれた秘部をすぅ…っと撫でる空気の感触に、自分が志藤の前で、性器だけでなく尻の孔まで晒していることがわかってしまう。

あまりの恥辱に、気が遠くなりそうだった。

「誰が、一生付き合っていける、かけがえのない友人だって？　笑わせるなよ、柚木」

志藤はなおも乾いた声で笑った。そしてカウンターからワインのボトルを取ると、ラッパ飲みをしながら戻ってきて、グッと柚木の顎をつかみ上げる。

「俺はな……おまえを友人だなんて、これっぽっちも思っちゃいなかった」

柚木は目を見張った。

志藤はもう笑ってはおらず、真顔だった。

「おまえの後ろで弓を引きながら、何度その白い首筋に食らいつきたいと思ったことか…袴を剝ぎ取って、思うさまこの躰を貫きたいと思ったことか、知れやしない」

志藤が、眼下に晒された柚木の尻の丸みを、ゆるり…と撫でる。その手にギュッと力が込められた途端、柚木は志藤が何を言っているのか、ようやく理解した。

「志藤……まさか、おまえ…」

「ああ。そうだ」

愕然《がくぜん》とする柚木をさえぎり、志藤が嚙みつくように言う。

「おまえの信頼し切ったその目に、どれだけ俺が苦しめられてきたか、邪《よこしま》な欲望を押し殺すのに、どれほどの努力を強いられたか……どうせおまえは、何も知らなかったんだろう！」

「だったら、おまえは……あの頃から、ずっと、ずっと…」

「――ああ…。好きだったんだ、ずっと、おまえが」

ドキンと心臓が鳴った。

思いもしない告白に、柚木は声を失い、目を見開く。

そんな柚木を見下ろしながら、志藤は手に持ったボトルを高く掲げた。

「躰も…心も。柚木……おまえの全部が、欲しかった」

そして、血のように赤いワインを、柚木の白い腹の上に垂らす。

それは柚木の恥毛や分身を濡らして、尻の狭間に流れ落ちていく。

「だからこそ憎かった…。何も知らず俺を信じて疑わないおまえが、死ぬほど憎かったんだ」

怒りを叩きつけるように言って、志藤は躰を屈め、柚木の股間に顔を埋めた。

「…志藤、よせっ…く、ああっ」

まだ反応もしていないそれを、いきなり口に咥《くわ》え込まれて、柚木は全身を硬直させた。

信じられない。何もかもが、現実のこととは思えなかった。

志藤が自分のことをどんな目で見ていたのかも、恥辱にまみれた緊縛姿を強いていることも、柚木を口と舌で嬲《なぶ》り回していることも、すべてが予期せぬ出来事で頭がついてこない。

――本当なのか、志藤？　そんなにも前から、おまえは俺のことを…。

だが、そう思うだけで、志藤の容赦のない舌技に、柚木の躰は熱く反応していく。

「んっ…あっ、やめっ…は、あぁ…っ」

舌先で先端の孔を執拗《しつよう》に舐められるたび、下腹がズキズキと脈打つように疼いた。

ワインの酒気が粘膜から吸収されて、勃起が急速に進む。

「……いい感じに勃ってきたな。酒がそんなに悦かったか。ここの口も、飲み足りなさそうにパクパクいってるぞ」

揶揄の声に、柚木の全身がカッと燃え立つ。

確かに志藤の言うとおり、潤んだ鈴口が喘ぐように開閉しているのが、自分でもわかった。

しかも、その浅ましさに目眩を覚えた途端、志藤はさらなる辱めを柚木に与えた。

「だったら今度は、こっちにも飲ませてやる。たっぷりとな」

「ひっ、ああっ」

ひやりと冷たく固いものが、窄まりにあてがわれた。と思う間もなく、灼けつくような刺激が入口の襞《ひだ》を襲い、体内に冷えた液体が流れ込んでくる。

「やめろ、志藤っ…く、…よせ…っ」

柚木は動かせる頭を左右に振り、必死に制止を訴えた。

だが志藤は冷然として手に持ったボトルを回転させ、注ぎ口で柚木のそこを愛撫してくる。

そのたびに、襞が押し開かれて酒が注入され、内部がジンジンと熱く痺れた。

「あっ…やっ…あぁぁ…っ…」

柚木は未知の感覚におののき、全身を痙攣《けいれん》させながら喘《あえ》いだ。

「ほぅ……そんなに涎を垂らすほど、おまえは酒が好きだったのか。知らなかったな」

志藤の嘲笑にハッとして見ると、いつの間に完勃ちになっていたのか、屹立の先から溢れ出した先走りがねっとりと幹を伝って滴《したた》り落ちていた。

「それとも、酒じゃなく、こういう卑猥なプレイが、好きなのか」

「違っ、ひっ…あああっ」

なめらかなガラスの筒が突き入れられる衝撃に、否定の声が掻き消される。

次いで、冷えたワインがゴプッと注ぎ込まれ、柚木は全身が燃え立つような強烈な疼きに、髪を振り乱した。

「う、ああっ」

麻縄が皮膚に食い込む。

その痛みにすら愉悦を感じてしまう自分の躰に、柚木は激しく困惑する。

「日頃、禁欲的な奴に限って、本当はド淫乱だったっていう、典型的な例だな」

志藤は笑いながらボトルを押し込み、ゆっくりと引き出す。

ガラス越しの液体がタプン…と揺れて、柚木の下腹が淫らに波打った。

「やっ…嫌…だっ、嫌…っ…ん、あっ」

冷たいのに、熱い。苦しいのに、躰が勝手にそれを悦楽にすり替えてしまう。

頭がおかしくなりそうだった。

けれど、こんなひどいことをされているというのに、志藤の根底に自分への恋情があったのだと知ったせいか、柚木の躰は拒絶の言葉とは裏腹に、どんどん昂《たか》ぶっていく。

「……そろそろいいか。このまま達かれちゃ、困るからな」

朦朧とする意識の中、残酷な抜き差しが中断される。

どうして…——柚木が閉じていた目をうっすら開くと、志藤が手に持った何かを、こちらに向けているのが見えた。

途端に、パシャッと音がして、辺りが明るくなる。

柚木は呆然とし、次の瞬間、蒼白になった。

写真だ。

志藤は手にカメラを持っていた。

そして続けざまにフラッシュを焚いて柚木の痴態を撮《うつ》す。

恥部を晒して緊縛され、後孔に酒のボトルを突き入れられて、勃起している姿を。

「よせっ…、志藤……やめてくれ！」

「そんなに叫ぶな。ボトルが抜ける。ほら…もっとよがってみせろよ」

志藤は苦悶《くもん》に歪む柚木の顔を見つめながら、嗜虐の笑みを浮かべて、さらに奥へとボトルを押し込み、筒口でグリグリと中を掻き混ぜてくる。

そのたびに、柚木は条件反射のように震え、揺れる屹立の先から透明な雫《しずく》が滴《したた》った。

「あぁっ…やめ…っ…ん、ん、ぁっ…」

信じられない。こんな淫猥な行為に感じてしまう、自身の躰が。

だが、いくら目をつぶって歯を食い縛っても、すぐに快感にむせび泣くような声が口から洩れてしまう。

それは、腸内から吸収されたアルコールのせいなのか…それとも、柚木の躰が志藤の行為を受け入れているからなのか。

筒口が内壁を擦《こす》り上げるたびに、柚木のそこがキュウッとしめつけるように収斂した。

それが志藤にもわかるのだろう。冷笑が聞こえる。

「いいざまだな、柚木。そんなにコレがいいのか？　だったら思う存分、突きまくってやる。このまま達ってみせろ。バッチリ撮ってやるぜ」

「嫌だっ、あっ…嫌、くっ、ああっ…」

荒々しい抽挿が始まった。

こんな淫らな姿を、写真に撮られるなんて、死んでも嫌だった。

けれど、手も足も拘束され、かろうじて頭を振ることしかできない柚木に、抗う術はない。

限界近くまで煽り立てられた躰は、襲いかかる毒のような肉欲には、到底太刀打ちできなかった。

「んっ、志…ど…やっ、あああ――っ…」

グッと一際、筒口で奥を抉られて、柚木は全身を硬直させた。

麻縄で縛められているワイシャツやネクタイの上に、ピシャピシャと白濁が飛び散る。

その瞬間を、志藤はあまさずファインダーに捕らえた。

痙攣する柚木の躰がボトルを押し出し、ゴトン…とテーブルに転がる様子も。

淫らにひくつく後孔から、真っ赤なワインがトロトロと溢れ出てくる光景も。

「もったいないな…こんなに飲みこぼして。これでも、けっこう値の張るワインなんだぜ」

言いながら連写する志藤が、何かを思いついたように手を止める。

「そうだ。どうせなら、ここも染めて撮ってやる」

志藤はワインのボトルを取り上げ、朦朧としている柚木の上半身の上に翳《かざ》した。

そして、麻縄が食い込むワイシャツの胸元の左右に、ポタポタと赤い雫を垂らす。

そのせいで柚木の両乳首が、じわっと透けて浮かび上がった。

「なんだ。もう尖らせてたのか。つくづく好きものだな」

「ひっ…ああっ」

ピンと布越しに突起を弾かれて、鋭い痛みが走る。

そこに爪を立てられ、柚木はビクンと震えて喘いだ。

「これで、淫乱検事の出来上がりだ」

乳首を赤く染め、紫紺のネクタイを精液で汚し、いまだワインまみれの秘部を晒している卑猥なその姿は、確かに検事として堕落の極みだろう。だが、それを恥辱と感じつつも、柚木の躰は痛みの中にすら快楽の余韻を探して、はしたなく疼いてしまう。

ぷっくり凝《しこ》った乳首をさらに指で捻り上げられて、思わず甘ったるい声が口を突いて出た。

「あっ、あぁ、ん…っ」

行為の続きをねだるようなその声音に、志藤が動きを止め、柚木を凝視する。

だが、そんな反応に誰より驚いたのは、柚木自身だ。

噎せ返るワインの芳香の中、突き刺す志藤の視線がいたたまれず、顔を逸らす。

その途端。

「――この写真を、おまえの女房や、地検の連中に見せてやったら、どうなるかな」

揶揄を含んだその言葉に、柚木はハッとする。

それは身の破滅を意味する――青ざめて振り仰ぐ柚木に、志藤はカメラを片づけながら、喉の奥で笑った。

「もっとも、女房はおまえと離婚したくて、別れさせ屋に依頼をしていたぐらいだ。女とホテルに入る写真より、こっちの写真のほうががっぽり慰謝料がせびれるって、泣いて喜ぶかもしれないな」

柚木は絶句した。

今、言われた言葉の意味が理解できない。

否、理解することを頭が拒んでいるようだった。

それでも柚木は、必死で声を絞り出した。

「……離婚…？　別れ…させ屋？　……いったい、なんの冗談だ⁉」

自分の中の検事としての矜持が、柚木にかろうじて理性を保たせていた。

だが、志藤はそれをあっさりへし折る。

「冗談なものか。釈放された後、何かおまえの弱味を握れないかと調べてたら、上手い具合にこの話が引っかかったんだ。俺の店には、こういうヤバイ仕事をする奴らが、たむろってるからな。情報はどこからでも入ってくる。おまえがなかなか女に手を出さないってぼやいてる奴から、仕事を請け負ったたってわけだ。シーズ…だったか？　そこのホステスを使おうとしたけど、駄目だったたって聞いたぞ」

柚木は固まった。その耳に、甘く誘う女の声がよみがえる。

『だから……ね？　今夜こそ、わたしに付き合って』

亜麻音だ。間違いない。

確かにここ数回、亜麻音はシーズに顔を出すたび、柚木を誘った。

それに、冴子のあの探りを入れるような眼差し。

『最近あなた、外で飲んでくることが多いでしょう。もしかして馴染みのお店とか…できたんじゃない？』

『行きつけなのは……お店だけ？』

　まさかあれは、夫が上手く計略に引っかかったかどうか、確かめるための――。

　呆然とする柚木の開かれていた脚が、フッ…と緩んだ。

　志藤がテーブルに固定していた麻縄を解いたせいだった。

「思い当たる節があった、って顔だな」

　ククッとおかしそうに笑いながら、志藤は次々結び目を解いていく。

　それは縛り上げる時と同様の手際のよさで、志藤がいかに緊縛に精通しているかが窺えた。

「おまえもつくづくバカだな、柚木。とっとと浮気の一つもしてれば、俺にこんなひどい目に遭わされずにすんだのに…。まぁ、俺のほうは願ったり叶ったりで、ラッキーだったけどな」

　そう言って志藤は、壁に寄りかからせていた柚木の躰をテーブルの上に横にして、後ろ手の拘束も解きにかかる。

　それは志藤の目的が達成されたからに違いない。

　柚木から仕事も家庭も奪うための、決定的な証拠を手に入れたから――。

　いいようのない怒りと悲しみが、怒濤《どとう》のように押し寄せてきた。

「…志藤……おまえは……ここまでするほど、俺を恨んでいるのか…」

　声を震わせて問う柚木に、志藤はスゥッ…と目を細めた。

「――可愛さ余って、憎さ百倍…ってやつさ……柚木」

　志藤は、縄を解いた柚木の両手をさすってやりながら、顔を近づけてくる。

その黒い瞳は、劣情と熱情がない交ぜになって、炎のようにゆらゆらと揺れていた。

「ずっと長いこと、気が狂いそうなぐらい、おまえが好きで好きで、欲しくてならなくて…。誰と寝ても、その渇きは癒されなくて…。でも、俺はあの時、悟ったんだ。親父が死んだあの夜……おまえに電話をした時にな」

その言葉に、目を見開く柚木を、志藤はひたと見つめて続ける。

「おまえは言った。『自分にできることなら、なんでもしてやる。だから早まるな。俺を信じろ、志藤』って。……覚えてるか？」

「……ああ。忘れる…わけがない」

答える柚木に、志藤が幸せそうに微笑む。

瞬間、ズキッと心臓が突き刺されるように痛んだ。

――志藤……おまえまだ、そんなふうに笑えるのか…。

間近で見る志藤のそれは、学生時代、柚木に向けられた笑顔そのままだった。

「嬉しかった…。おまえが俺のことを、そんなにも思ってくれていたなんて、死んでもいいと思った。…涙が溢れた」

嚙みしめるように言いながら、志藤は柚木の頰を手で包むように撫でた。

「だから、聞いたんだ。どうしてそこまで、俺にしてくれるんだと。もしかしたら、おまえも俺と同じ気持ちでいてくれたのかと……一瞬、夢を見た」

柚木は震える唇を嚙みしめた。

「でも、おまえから返ってきたのは『当然だろ。俺たち親友じゃないか』という言葉だった」

再び胸を襲う鋭い痛みに、柚木は今さらながら思い知る。

志藤を死なせてはならない――その一心で口にした自分の言葉が。

親愛と、信頼と、友情を、精いっぱい込めて、放ったそれが。

いかに志藤の心を、残酷に抉ったのかを。

『わかった……柚木。おまえの気持ちは、よくわかったよ』

あの夜、電話口から聞こえてきたのは、安堵の声ではなく、絶望の吐息だったのだ。

「……志藤…っ…」

絞り出すように名を呼んだ途端、志藤はスッと手を引き、その顔から笑みも消えた。

そして、凍りつくような相貌に変わる。それが悲しい。

志藤が愛憎に苦しみ続けた月日を、まざまざとそこに見る思いがしたからだ。

「俺とおまえは永遠に平行線で、けして交わることはない。おまえの友情が、愛情に変わることはないんだと……あの時、俺は痛感した。まさか十三年も経ってから、こんな交わり方をするとは思ってもみなかったけどな」

自嘲するように言って、志藤はテーブルを回り、柚木の足元のほうへ移動する。

そして、太股と足首を縛られたまま閉じている柚木の両膝をつかみ、グイッと左右に割る。

そのせいで、再び後孔から洩れ出る赤い酒が、尻の狭間を伝った。

「――俺はあの夜、地獄に堕ちたんだ」

それを食い入るように見つめながら、志藤は自分のベルトに手をかける。

「親父もおふくろも死んだばかりだっていうのに、一瞬、我を忘れて舞い上がった罪で」

そしてゆっくりとズボンの前を緩めていく。

「そして、そんなふうに俺たちを奈落の底に突き落とした、おまえたち親子が、俺は心の底から憎かったんだ」

途端に柚木は目を見張り、総毛立った。志藤がこれから何をしようとしているのか、脈動が伝わってくるほど雄々しく反り返った分身を見れば、明らかだった。

恐い。自分はまた、この凶器で思うさま切り刻まれるのだ。

だが、拘束を解かれても、手は痺れたままで満足に動かない。

それに本当に恐いのは、自身の躰が、志藤の劣情の証に煽られたかの如く、ズキズキと浅ましく疼いていることだ。

このまま志藤に抱かれたら、自分はいったいどうなってしまうのか。

「…あっ…志藤…っ」

ガラスの筒口よりはるかに太くて熱い肉塊が、濡れそぼる柚木の窄まりにあてがわれる。

その感触におののく間もなく、志藤は柚木の脚を思うさま割り開き、腰を突き入れてきた。

「う、あああっ！」

ずぶりと一気に深く埋め込まれる衝撃に、のけ反る柚木の意識が薄れる。

それをバラバラッと何かが弾け飛ぶ音が、引き戻す。

志藤が柚木のワイシャツの裾を左右に引っ張り、ボタンを飛ばした音だった。

「心などいらない……躰だけで充分だ」

低く掠れた声音に、朦朧とする目を開ける。

そこには、ワインと精液にまみれた柚木の裸体を、真上から舐めるように見つめている志藤の姿があった。

ゾクッと肌が粟立った。

「ああ……熱いな…柚木。おまえの中は、蕩けるように熱い…」

そう言う男の吐息も眼差しも、炎に炙《あぶ》られたように熱い。そして、それをはるかに凌ぐ灼熱の楔《くさび》が、柚木の躰を串刺しにしている。

それは限界まで拡張させられた肉壁に密着して、ドクドクと脈打っていた。

「く…っ、ああっ…や、あぁっ…」

だが、志藤は挿入した時とは裏腹に、それをじわじわと時間をかけて引き抜いていく。

「…こうすると、中の襞がめくれて、真っ赤に潤んでいるのが、よくわかる」

しかも柚木の淫蕩な躰の状態を、わざと言葉で示しながら。

「嫌だ、やめ…はああっ！」

だが拒絶の声は、ズンッと乱暴に突き上げられて、蹴散らされる。そのせいで体内に残っていた酒が、ゴボッ…と淫猥な音を立てて結合部から溢れ、柚木は思わず躰を萎縮させた。

「いいぜ……柚木。最高だ」

感嘆の声に、柚木は激しい羞恥を感じて唇を噛んだ。

期せずして、志藤をしめつけてしまったことに気づいたからだ。

「…志、藤…、こんなのは…嫌…だっ…ううっ」

ぐるりと内部を抉るように腰を回され、躰の中で愉悦の火花が散る。

それを煽り立てるように、志藤はさらに卑猥な腰つきで、柚木を突き上げてくる。

爛《ただ》れた秘肉を掻き混ぜ、出入りする肉棒に、脳髄が痺れた。

「余計なものはいらない。……俺には、この熱さだけがあればいい」

言いながら志藤は、柚木に覆い被さるようにして、抽挿のスピードを上げた。

「おまえも、そうだろう……柚木？」

違うとはもう言えなかった。

すでに一度吐精し、酔いが回っている躰は、どんどん暴走していく。

でも、ようやく志藤の秘めていた想いがわかったのに。

激しい憎悪の裏には、柚木に対する渇望や恋情があったのだと知ったのに。

こんな獣じみた肉欲だけで繋がるなんて、あまりにも悲しすぎる。

躰だけでいいなんて、そんな虚しい…──。

「あっ…志…ど…、んっ、あぁっ…」

だが、本人の意思とは裏腹に、柚木の分身は互いの腹に挟まれ、揉まれて、たちまち勃起し、
先走りを溢れさせる。

しかもワインで粘つく乳首を、志藤に咬みちぎるように愛撫されると、今にも達しそうなほど深い悦楽が体内を駆け巡った。

それは抜き差しが激しくなるにつれ、柚木の思考を曖昧にし、意識を混濁させていく。

もう達きつくことしか、考えられない。

「――だから早く堕ちてこい、柚木……俺のいる、闇の底に」

耳に聞こえる誘《いざな》いの声にすら、官能を感じさせられて、柚木は身も世もなく喘《あえ》がされる。

それは、紅蓮の炎が逆巻く地獄のことなのか。

毒のように甘い快楽の淵のことなのか――。

「やっ…あっ…も…っ、もう…あああ――っ…」

ドクッ…と躰の奥深くに精液を注ぎ込まれて、自分のものとは思えない嬌声を上げて果てる柚木には、もう判断がつかなかった。

6

「話は聞いたよ、柚木くん。昨日の公判での反対尋問と論告求刑、実に鮮やかで冴え渡っていたそうじゃないか。判決も量刑相場以上だと聞いた。さすがだな」

廊下でばったり出くわした次席検事に、柚木と永森は足止めを喰らった。次席検事は地検のナンバー2で、めったに褒め言葉など口にしない厳格冷徹な上司だ。

それだけに廊下を通る同僚たちは皆、何事かとこちらを注視して行きすぎる。

「この調子でこれからも横浜地検の有罪率アップに貢献してくれたまえ。期待しているよ」

「過分なお言葉、ありがとうございます。精進します」

上機嫌で肩を叩く次席検事に、柚木はきっちり低頭する。

地検の名に傷がつくことを徹底して嫌う次席検事の口癖は、「九九パーセント勝てる自信がなければ起訴はするな」だ。

裁判員裁判も始まり、神経を遣うことの多い公判が増える中、柚木の胸の空く活躍が、よほど痛快だったのだろう。

だが柚木は、淡々とした態度で次席検事を見送り、自分の執務室へ戻った。

そして何事もなかったかのように、書類を整理しながら、永森へ指示を出す。

「木村《きむら》の案件だが、所轄に言って、再度調書作成日時の確認を取るように」

「はい。すでに手配済みです」

「それと、例の恐喝のほうは、自宅で押収したパソコンの調査を徹底させてくれ」

「わかりました」

「それと昨日の公判の件だが、次席検事はああ言っていたが、控訴期限まではどう転ぶかわからない。まだ気は抜けないぞ」

「そうですね。わたしも昨日は、検事のいつにも増しての鋭い切り口に感服しましたが、弁護人《むこうにん》がその気にならないとも限りませんし…」

答える永森に、柚木はサイドロッカーの中から、分厚いファイルを取り出して見せる。

「とりあえず、これまでの経緯は永森さんも押さえているだろうが、もしも何かあればすべてこのファイルにまとめてあるから、使ってくれ」

「………」

「それと…」

「柚木検事」

永森がさえぎるように言った。柚木はハッとして横の事務官席に目をやる。

いつもどおり白いものが交じる頭髪を撫で上げ、地味なスーツを隙なく着込んでいる永森が、控え目ながらもきっぱりと問う。

「この先、何か予定でもおありになるんですか?」

「……なんのことだ」

「まるで、身辺整理をされているように見受けられるんですが」

柚木は心が揺らぎそうになるのを堪えて、平然を装った。

「ああそうだ。知ってのとおり、わたしは横浜には長くはいない身だからな。いつでも動けるよう、そろそろ準備をしておこうと思ったんだ。少し気が早いかもしれないが」

「……そうですか。今から、立つ鳥跡を濁さずの準備だとは…。さすが心がけが違いますね。恐れ入りました」

そう言って無駄話をやめ、永森は仕事に取りかかる。

だが、彼が納得していないことは、その硬い表情を見ればわかる。

このところの柚木の仕事に対する集中力が尋常《じんじょう》ではないことを、誰よりも知っているのは永森だからだ。

『検事の補佐をすることが、事務官の務めですから、感謝は無用です』

その言葉どおり、永森は柚木に付き従って黙々と実務をこなしてくれているが、心の中では、ひどく心配しているに違いない。

でも、今の柚木には何も言えない。

深入りをしないように…という永森の忠告を聞き入れなかったのは、自分なのだ。

あの夜から、すでに三週間――志藤は不気味に沈黙しているが、例の写真が送りつけられ、スキャンダルとして暴かれれば、地検の権威と信頼は失墜するだろう。

そうなれば、立つ鳥跡を濁さずどころの騒ぎではない。

ただ、永森には咎《とが》が及ばないよう…せめて降りかかる迷惑も最低限に留めたいと柚木は思っていた。


地検での仕事を終え、柚木は自宅のマンションに帰り着いた。

時刻は午後七時半。

柚木はスーツのポケットから鍵を取り出して解錠し、ドアを開けた。

部屋の中は暗く、無人だった。柚木は照明を点け、買ってきた弁当の包みをテーブルの上に置いてスーツの上着を脱ぐと、深く嘆息した。

妻の冴子は、もうここにはいない。あの後、すぐにここを出ていったからだ。

今は実家にいるのか…それとも男の所にいるのか…柚木は知らない。

『わたしの署名と捺印は済ませた。後はきみの好きにしていい』

そう言って柚木が離婚届をテーブルの上に置くと、冴子は蒼白になった。

冴子には柚木に隠れて付き合っていた男がいたようだ。

だが、それがバレて離婚ということになれば、外聞も悪く不利になる。だから柚木にも浮気をさせたかったらしい。

冴子は、自分が別れさせ屋に依頼したことを柚木が知ったのだと思い、歯がカチカチと音を立てるほど震えて、手を握りしめた。

もしもそれを盾に離婚訴訟でも起こされたら、大変なことになるとでも思ったのだろう。

『きみに淋しい思いをさせたのは、わたしだ。すまなかった』

だが、柚木は自分から謝った。それが柚木の偽らざる本心だったからだ。

確かに冴子のしたことは罪深く、許し難い。

でも彼女にそうさせたのは、自分にも非があったからだ――。

柚木は椅子を引いて、その背に上着をかけた。

食事をしなければ…とは思うが、目の前の弁当に手を伸ばす気にはなれない。

柚木はキッチンの冷蔵庫から缶ビールを取り出してくると蓋を開け、そのまま半分ほど飲み干した。

だが、喉を流れ落ちていく酒は、ただ苦く…冷たく…。

何度となく頭の中を駆け巡ったフレーズを、リピートさせていくだけで。

確かに志藤のしたことは罪深く、許し難い。

でも彼にそうさせたのは、自分にも非があったから…――。

ドンとテーブルの上に置いた缶から、ビールの飛沫が飛んだ。

やり切れなさが急激に込み上げ、胸の内を焼き焦がす。

柚木は煙草とライターを鷲づかみにすると、ベランダに歩み寄った。そしてガラリとガラス戸を開いて、バルコニーに出る。

すべての元凶は、父・忠貴にある。それは間違いない。

でも、何もかも奪われボロボロになった志藤に、たった一つだけ残った心の拠り所を断ち切ったのは…柚木に復讐の刃を向けさせたのは、ほかならぬ柚木自身だったのだ。

『好きだったんだ、ずっと、おまえが。躰も…心も。柚木……おまえの全部が欲しかった』

『だからこそ憎かった。何も知らず、俺を信じて疑わないおまえが死ぬほど憎かったんだよ』

耳にこびりついて離れない、押し殺された低い声。

狂おしい恋情と、やり場のない欲望を抱えて、志藤はいったいどれだけ長い間、苦しんできたのか。

なのになぜ自分は、その気持ちに少しも気づかなかったのか——。

あれほど志藤のことを心から大切に思っていたのに。

志藤には、誰に対しても感じたことのない、特別な感情を抱いていたというのに。

「…どうして…俺は…」

絞り出すように言って、柚木は煙草を取り出し、ライターで火を点けた。

包みの中の煙草はそれで最後で、柚木は青い包み紙をクシャリと握って、ズボンのポケットに突っ込む。

煙草はとうの昔にやめていたが、冴子が出ていって一人になってから、再び自宅でのみ吸うようになっていた。

柚木はベランダの柵に寄りかかり、眼前に拡がる街の光を見つめつつ、煙を吸い込んだ。

そして、胸の中のやり切れなさと一緒に、吐き出す。

志藤だけではない。父にしても、絶対的信頼という甘えのもとに、自分はなんと人間の表面的な部分しか見てこなかったのだろうと。

こんな自分に、他人の罪を見極める検事の資格など、なかったのだと。

「……志藤…」

名を呼べば脳裏に浮かぶのは、今の志藤の姿ではない。

青い空の下、白足袋を板の間に滑らせ、颯爽と射場に進む、黒袴姿だ。

落ち着け柚木、大丈夫だ…と力強くうなずく、笑顔だ。

あの揺るぎない自信に満ちた姿を、柚木はどれほど頼もしく誇らしく見つめたことか。

もしもあの頃、志藤に「好きだ」と告白されていたら――おそらく自分は驚き、うろたえ、困惑しただろう。少しの間、志藤を避けたかもしれない。

もしかしたら志藤も、そうやって柚木に背中を向けられることが恐かったのだろうか。

でも、志藤が本気で望むことなら、なんでも叶えてやりたい。志藤とはこのままずっと一生付き合っていきたい――柚木はいつも本気でそう思っていた。

だから、志藤があれほど強く柚木を欲していると知ったら…二人を繋ぐものが、友情から愛情へと形が変わるだけなら、きっと自分はその気持ちに応えていたはずだ。

志藤が必死で押し殺してきた渇望を受け止め、満たすことで、柚木自身もまた満たされたに違いないからだ。

柚木は、ゆっくりと吐き出す紫煙に目を細めた。

人を恋しいと思う気持ちは、柚木も知っている。

でも、それは愛しいとか護りたいという、庇護欲《ひごよく》に近い感情だ。

志藤が自分に向ける、すべてを奪取して喰らい尽くすような激しいものではない。

『気が狂いそうなぐらい、おまえが好きで好きで、欲しくてならなくて…。誰と寝ても、その渇きは癒されなくて…』

そんな狂気じみた情欲を、あの静謐《せいひつ》な立ち姿の下にひた隠して弓を引き、志藤は次々と矢を的中させていたのだ。

弓は心の在り方が大きく影響する。柚木は、それを嫌というほど体感している。

だからこそ、志藤がいかに尋常ではない自制心や精神力をもって射場に臨んでいたのかが、手に取るようにわかる。

決勝戦の極限状態の中――蝶と蛾の違いを見極められたのも、それゆえだったのだ。

「……志藤……おまえって奴は…」

どんなにか苦しかっただろう。つらかっただろう。

柚木に知られてはならないと、志藤はどれほど堪え忍んで、親友を演じ続けてきたのか。

柚木は今さらながら胸の潰れる思いがした。

携帯が鳴った。メールの受信音だ。

柚木は咥え煙草のまま、ズボンのポケットから携帯を取り出し、ディスプレイを確認する。

それは志藤からの返信だった。

地検を出てすぐに柚木は志藤に、「会いたい。時間を作ってくれ」とメールを送った。

職権乱用ではあったが、調書に書かれているアドレスを見てメールしたのだ。

『午前零時までには店を閉めておく。その頃に来い』

志藤の返信は、至って簡潔な文章だった。

三週間、音沙汰なしで突然連絡してきた柚木に対して、驚きや疑問の言葉もない。

それよりも、あんな写真を撮って脅しておきながら、なんの行動にも出ない志藤の思惑も、柚木は測り兼ねていた。

でも、志藤がどうあれ、自分自身の心はもう決まっていた。

パタンと携帯を閉じる。

それをポケットの中に滑らせ、柚木はもう一度煙草を吸った。

そして灰皿代わりに置いてある紅茶の缶に煙草を捨てようと腰を屈め、ギクリと固まる。

缶の横の床に、一匹の白い蛾が留まっていたからだ。

だが、柚木はすぐにそれが留まっているのではないことに気づいた。

部屋の中から洩れてくる照明の光の中、白い翅はボロボロに裂け、触角や脚も無惨に折れたり、ちぎれたりしていることが見て取れる。

蛾は死んでいた。

柚木はその骸《むくろ》を、しばし息を殺して見つめた。

ふいに胸の奥底から、何かが急激に込み上げてくる。

柚木はガクリと床に膝を折り、両手をきつく握りしめた。

「……っ」

ぽたり…と涙が、拳の上にこぼれ落ちる。

それは、手足をもがれて傷つき、人知れず朽《く》ちていくしかない蛾の運命を哀れんだせいか。

その姿に、かつての親友の孤独さを、重ね見たせいか――。

「……志…藤……ごめ…ん…」

震える声でそう呟くと、蛾の朽ちた翅が応えるかのように風に揺らいだ。

柚木はポケットの中から煙草の包み紙を取り出した。

そして蛾の死骸をそっと包んでやる。

白い鱗粉が辺りに散った。

柚木はライターで包み紙に火を点けた。

紙はすぐにメラメラと赤い炎を上げて燃え上がった。

柚木はそれを、紅茶の缶の中へ落とす。

炎は一瞬、大きく揺らめいた後、カサリ…とかすかな音を立てて消えていく。

それはまるで、弔われる蛾の最期の羽音のようにも聞こえて――。

柚木は立ち上る煙が消えてもなお、しばらくの間、そこに佇んでいた。

午前零時。一つ大きく息をつき、『close』の札がかかっているドアを開けると、薄暗い店内にはカウンター席を照らすライトだけが点けられていた。

「来たか。しばらくだな」

志藤はグラスを磨いていた手を止め、親しげな口調で言った。

まるでこの間、自分が柚木に何をしたのか、綺麗さっぱり忘れたような口振りで。

だが、柚木はあえて何も答えず、慎重に店内を見回し、ほかに客がいないことを確認してからカウンターに歩み寄る。

今夜はこの間のように、話半ばで志藤の策略に嵌められるわけにはいかなかった。

柚木は例のテーブル席の横を通り、カウンター席に座った。

この三週間、あの時のことは極力思い出さないようにして職務に没頭してきたが、さすがに現場を前にすると、身が竦む。

それを見透かしたかのように、志藤がニッと笑った。

「どうした、いきなり会いたいだなんて？　緊縛プレイが恋しくなったのか」

だが、揶揄されても、もう以前のようにカッとなることはなかった。

柚木は無言で、手に持ってきたバッグを隣の席に置いた。

「おまえの私服姿を見るのは、久しぶりだな。なかなかいい。学生時代を思い出す」

いつもはダークスーツをピシリと隙なく着こなしている柚木も、今夜はシャツにラフなジャケットを羽織っているだけだ。確かに普段よりも印象は若く見えるだろう。

「…で？　何を飲む？」

一方、そう聞いてくる志藤は、禁欲的なバーテンダーの制服に身を包みつつも、蝶ネクタイを緩めているせいか、全身から危険な男の匂いが感じられた。

「酒はいらない。今日はおまえと差しで話がしたくて来たんだ」

きっぱり答える柚木に、志藤が苦笑する。

「俺の酒は危なかしくて飲めない…ってか？　だったら、無難に…」

「――妻とは別れてきた」

志藤をさえぎって柚木が言う。

冷蔵庫に伸ばしかけた志藤の手が、ぴたりと止まった。

「おそらく、もう離婚届は受理されているはずだ。まずはそれをおまえに言いたかった」

志藤の口から、ヒュ～ッと口笛が洩れる。

「さすが有能だな。仕事が早い。…っていうか、実はその話は、俺も聞いて知っていた」

言いながら志藤は、緑色のビールの小瓶を二本、冷蔵庫から取り出した。

「突然、女から依頼を取り下げられたのでまいったと、担当の奴がここに来てぼやいてたからな。まぁ、相応の違約金は請求したらしいが」

志藤は目の前で栓を開封すると、一本を柚木に差し出し、自分はすぐに口をつけた。

そして旨そうに喉を鳴らして言う。

「結局、俺もただ働きにはなったが、充分にいい思いをさせてもらったし、損はない。それに、あんな女に旨い汁を吸わせるより、例の写真はもっと有効に活用するべきだからな」

柚木はかすかに眉根を寄せた。

だがそれは、元妻をあんな女よばわりされても、何も感じない自分に対しての憤りだ。

柚木は目の前に置かれたビールの瓶に手を伸ばした。

そして、それをスッと横へ滑らせる。

「――話はもう一つ。こっちが本題だ」

言って柚木は、椅子に置いてあるバッグの中から取り出したものをカウンターの上に置く。

途端に志藤は目を見張り、息を呑んだ。

「これをおまえに渡しておく。目黒雄治の日記と、十三年前の事件の全容を記した資料だ」

それは黒い革表紙の日記帳と、一冊のファイルだった。

その表紙には『N証券インサイダー取引事件の真相』とタイトルがつけられていた。

「これは、柚木忠貴が事件にどう関与していたのかを、時系列に沿って書いたものだ。日記は目黒の主観が入りすぎているために散漫で、事件を知る人間でなければ全貌がつかみづらい。それと、これは柴河原という週刊誌の記者の連絡先だ。俺の名前を出して、この資料を提供すれば、必ず記事にしてくれる」

淀みなく言って、柚木はファイルの最後に添付してある電話番号を志藤に指し示した。

『今度は特ダネのリークでも、よろしくお願いしますよ』

耳に、柴河原の快活な声がよみがえる。

おそらく彼は、躊躇なく事件を記事にするだろう。

『自らを厳しく律して職務に臨まなければならない検事《われわれ》の、それはけしてあってはならない姿だと思います』

かつて、検察庁の不祥事にそうコメントした柚木の心情を、彼なら正しく汲み取ってくれるはずだ。

後は願わくば、どこからか記事を揉み消す圧力がかからないことを祈るのみ。

「――柚木。おまえ……本気か？」

まるで恫喝《どうかつ》するような低い声で、志藤が言った。

真っ向から見つめてくるその顔に、もう揶揄の色は微塵もない。

「ああ。聞くまでもない。すでに父とは、親子の縁を切っている」

「…っ」

「正直なところ、この日記だけでは証拠は不十分だし、今さら父に刑事罰を科すことはできない。でも、証券会社は何よりもスキャンダルを嫌う。このことが記事として表沙汰になれば、父は専務の座を追われ、必ず失脚する。この間も、それを伝えようと思ってここに来たんだ。ただ、最後まで話ができなかっただけで…」

柚木は志藤から眼前のファイルに視線を移した。

「それに、これをまとめるのにも、少し時間がかかると伝えたかった。せめて今、手がけている仕事の目処《めど》もつけておきたかったからな」

そこまで言って、柚木はようやく息をついた。

だが、志藤は険しい表情を崩さない。柚木の真意を測り兼ねているようだった。

「……ずいぶん殊勝な心がけだな……柚木。でも、そこまでやるなら、そのまま地検も辞めてくれればよかっただろう。離婚をした後、てっきり俺はおまえがそうするものと思ってたぞ」

志藤が探るように言う。

やっぱりそうだったのかと、柚木は思った。

だから志藤は、すぐに写真を地検に送りつけず、柚木の出方を見ていたのだと。

「でも…それだと、おまえは納得できないんじゃないのか」

「何?」

怪訝な顔をする志藤に、柚木はきっぱりと言った。

「——おまえの望みは、志藤……俺を引きずり降ろすことだろう?」

「柚木……おまえ…」

「このスキャンダルが暴かれれば、俺も父親をリークした検事として注目を浴びる。検事の模範だと賞賛する者…血も涙もない息子だと非難する者…賛否両論に違いない。それだけでも地検は俺を疎んじる。そこに、おまえが例の写真を送りつければ、俺の懲戒免職は確実だ」

それは、依願退職とは天と地の差だ。

もしかすると、検事から弁護士への転職の道も断たれるかもしれない。

だが、それこそが志藤が為し得る、完璧な復讐に違いない。

「……同情か」

手に持っていた瓶をカウンターに置き、志藤が凄むように言った。

「それとも、お情けか」

柚木は首を横に振った。

「違う。これは、贖罪だ」

「贖罪？」

「ああ。俺は自分の一生をかけて、おまえに償うつもりでいる」

十三年前のあの時——志藤は男たちを使って、柚木を嬲り者にした。

父と刺し違えることも叶わず、志藤にはもう家族たちの無念を晴らす方法がそれしかなかったからだ。

でも、志藤は自らの手で、柚木を犯そうとはしなかった。

否、できなかったのだ。

どんなに非情になろうとしても、柚木を自身の手にかければ、どうしても気持ちが揺らぐ。

『気が狂いそうなぐらい、おまえが好きで好きで、欲しくてならなくて…』

なぜなら志藤の根底には、断ち難い柚木への渇望があったから——。

「俺は今まで、何一つ気づけなかった。だから、おまえは無知だった俺を、好きなだけ罰していい。おまえには、その権利がある」

柚木は、息を詰めてこちらを凝視している志藤を、静かに見返す。

結局、志藤はどんなに荒んだ生き方をしようとも、心の底から悪人にはなり切れないのだ。

だから今でも苦しみ、もがいている。

独り、奈落の底で。

でなければ、『Survivor's guilt』という言葉を、店の名前になどしないだろう。

そして、そんな志藤に、自分が今できることは、ただ一つ――。

「志藤……俺は、おまえと再会してから、ずっと考えていた。できることなら、おまえと肩を並べて弓を引いていたあの頃に戻って、やり直したいと…。所詮、叶わない夢だけどな」

そう言って柚木は自嘲するように微笑んだ。

「でも、おまえには『今さら遅い』って言われるかもしれないけど、だったら、今からやり直せばいいんじゃないか…って思ったんだ」

「なっ…」

「そのために、何もかもを捨てなければならないというなら、俺はすべてを捨てる。…いや、もう捨ててきた」

柚木は瞠目する志藤を、まっすぐに見つめて言った。

「――志藤……俺はこれから、おまえと一緒に生きていきたい」

志藤が息を呑むのがわかった。ビールの瓶を握りしめる手が、小刻みに震えている。

「俺にとって、おまえは誰も代わりになれないぐらい特別な存在だった。それこそ、おまえのためなら、なんでもしたいと思うほど…。おまえだって、そうだったんだろう…志藤」

尋ねる柚木に、志藤は苦渋を噛みしめるように答える。

「……おまえの特別と……俺の特別とは……意味合いがまるで違う」

「いいや。違わない。少なくとも、これからは同じだ」

揺るぎなく言い切る柚木に、志藤はしばらく言葉を発しなかった。

カウンターを照らすライトの光の下、置かれた緑色の瓶の中で炭酸が弾ける。

その静寂を破り、志藤が靴音を響かせて、カウンターの外に出てきた。

そして、柚木の席の前で立ち止まる。

「……柚木。もう一度だけ聞く。……おまえ、本気か？」

詰問してくる黒い瞳は、どこか痛みを堪えているかのように険しく、ゆらゆらと揺れて柚木の顔を写している。

「ああ、本気だ。二言はない」

言った途端、志藤が柚木の襟元を鷲づかみにして引き寄せた。

「うっ…んっ」

噛みつくように唇を奪われる。

その苦しさに腰を浮かせたところで、ギュッと顎をつかまれ、否応なしに口を開かされた。

そこに舌を差し込まれ、口腔を乱暴に探られて、目眩がする。

柚木は思わず志藤の胸元をつかんだ。だが、そのせいで引き寄せられた志藤は、さらに口づけを深めてくる。

痛いほど強く吸われ、唾液が滴るほどに舌を搦め捕られ、貪られて、まともに息もつけない。と思う間もなく、ガバッと躰ごと密着している唇を引き剝がされた。

「……柚木」

低く呻くように名を呼ぶ唇が、濡れて光っていた。

それをゆっくりと舌で舐め上げながら、志藤が囁く。

「――今の言葉……これからたっぷり後悔させてやるぜ。覚悟しろよ」

艶を含んだ脅迫の声に、柚木の背筋がゾクリと震えた。

◆

店のビルの上階にある志藤の自室に連れてこられた柚木は、寝室へ通されるなり、「服を脱げ」と命令された。ここに来れば、こういう展開になるかもしれないと覚悟はしていたので、柚木は潔く志藤の言葉に従い、全裸になった。

それに、この間のように騙し討ちに遭って一服盛られるよりはましだ、とも思った。

だが、腰をかけたシーツの上に放られた白いボトルを見て、柚木は硬直する。

「――媚薬だ。それを使って、自分で達ってみせろ」

そう言って志藤は、自分は着衣のまま、ベッドから離れた椅子に足を組んで座った。

「…媚…薬…」

口に出した途端、柚木の躰がブルッと震えた。

脳裏に、十三年前の夜のことが思い出される。

あの時、男たちは柚木に媚薬を使った。それを知っていて、志藤は柚木にこんなことを強要するのだろうか。それとも…。

「別に使わなくても、たっぷりよがり泣いて達けるって言うなら、それでもいいんだぜ。おまえの覚悟のほどを、見せてくれるならな」

志藤は薄く笑いながら、後ろでまとめていた髪を解いた。

そのせいで肩にかかる長い髪がサラリ…とその頬を掠め、男の昏い表情に、さらに酷薄な印象を与える。こちらを舐めるように見つめてくる瞳は、凍りつくように冷たい。

柚木は唇を噛みしめ、ボトルに手を伸ばした。

知っていようといまいと、そんなことは関係ないのだ。自分は、志藤の望むままの罰を受け入れると決めたのだから――柚木はそう自分に言い聞かせつつ、取り上げたボトルのキャップを開けた。

これがどんなに自分の躰を熱く淫らに疼かせるのか、身をもって知っているだけに、やはり恐い。でも、こういうものなしに、はたして志藤の眼前で自慰《じい》をして射精できるのかと考えたら、延々と続くであろうその苦痛は比べるまでもなかった。

だが、柚木が手に媚薬を垂らそうとした瞬間。

「ヘッドボードに寄りかかって足を開け。まずは乳首だけに塗って、弄《いじ》ってみせろ」

柚木はハッとして志藤を見つめた。

その口元に、嗜虐の笑みが浮かぶ。

まるで、柚木が楽なほうへ逃げたことを察しての、それは冷酷な指示だった。

「……わかった」

絞り出すように言って、柚木は躰をずらし、ヘッドボードに寄りかかって足を開いた。

「膝を立てて、足を左右に開くんだ。おまえのはしたない変化が、よく見えるようにな」

カッと顔が熱くなったが、柚木は歯を食い縛って従った。

それは無理やり押し開かれた時とも、緊縛された時とも違う、自ら志藤に秘部を見せつける行為で、柚木を辱めていく。しかも目を向けないようにしていても、割り開いたそこに志藤の視線がひたと注がれているのがはっきりとわかり、柚木は激しい羞恥に灼かれる。

天井の照明は点いておらず、ベッドサイドと志藤の椅子の側に置かれているライトだけが柔らかな光を放っているが、柚木の痴態を観賞するには充分の明るさだ。

「…っ」

鼓動がドキドキとうるさいほど跳ね上がる中、柚木は指先に媚薬を垂らし、左右の乳首にそれを塗り込めた。

初めはひやり…とした感触だったのに、何度か指先で円を描いて撫で回していると、次第に熱を持ってくる。と思う間もなく、硬く凝ってきたそこが、ジンと甘く痺れた。

「もっと指でつまんで、ひねって、弄り回せ」

「…く…っ……ん…」

言われたとおり尖った乳首を、それぞれつまみ上げてこね回す。

すると、痺れは鋭い痛みとなって躰を駆け抜け、次いでねっとりとした粘着質な快感に変化して下腹部を疼かせた。

媚薬の効果は思いのほか早く、柚木の性感を研ぎ澄ませていく。

指の刺激だけでは物足りなくなった柚木は、たまらず爪の先で乳首をきつく押し潰した。

「んっ……は、あぁっ」

ツンと勃ち上がった胸の突起は、刺激するたび、じくじくと膿んだように脈打った。

脇腹をつぅぅ…と伝い落ちていく液体の感触にすら、肌が粟立つ。

輪姦された時は驚愕と恐怖と屈辱で、自分の躰の何がどうなっているのか、まったくわからなかったが、今は鮮明にそれが感じ取れるせいで、羞恥が浮き彫りにされるような気がした。

「――勃ってきたな」

そこをあからさまに揶揄されたのだから、たまらない。

「…あっ…」

「閉じるな。もっと開け」

反射的に閉じかけた膝が、志藤の声にビクッと跳ねた。

柚木は胸を触りながら、じわじわと膝に力を入れていく。

だが、あまりにも急激に躰が昂ぶりつつあるせいか、足が震えて満足に動かない。

「できないなら、自分で膝を抱えろ」

容赦のない要求に、柚木は唇を嚙みしめ、胸から離した手を自分の膝裏に回した。そして、顔を背けながら、自分に引きつけるように割り開く。

そのせいで、芯を持ち、首をもたげ始めた柚木の分身が淫らに揺れた。

「まだ乳首しか弄ってないのに、もうそんなか」

言われて、放置された乳首が続きをせがむようにズキズキと疼いた。

しかも、それに連動して、勃起も一段と進む。

「ほぅ…見られているだけで感じるのか。それとも、言葉で責められるのが好きなのか」

「違っ…」

「ああ。そうか。おまえが、浅ましいからか」

蔑みの冷笑に、柚木は唇を震わせる。だが、言い返すことはできない。事実こうしているうちにも、腹につくほど硬く勃ち上がってきたものが、ヒクヒクと物欲しげに痙攣している。

それがひどく恥ずかしい。

以前はもっと屈辱的なこともされたし、今は媚薬のせいで急激に躰が反応しているだけだ。

でも、いくらそう思っても、羞恥は消えていかない。それどころか、志藤の視線や言葉は、明らかにこれまでとは違う甘い悦楽を柚木にもたらしていた。

「媚薬の効果は絶大だな」

志藤が満足げな含み笑いを洩らす。

「これなら、乳首だけでも充分達けるんじゃないのか。どうだ、試してみるか」

聞かれて柚木はとっさに首を横に振った。その動きにすら、躰が妖しくざわめく。

もしかしたら、本当にそれだけでも射精が可能なのかもしれない。

それほど柚木の躰は敏感になり、刺激を欲している。

「乳首で達くなんて、女みたいだからか」

柚木は「違う」と再び頭を振った。たった今まで、さんざん乳首を弄り回していたところを見られていたのだ。今さらそんな理由で嫌だなどと言うつもりはない。

ただ、そんな半端なものではなく、もっと直接的な刺激が欲しかった。志藤の眼前でなければ、今すぐにでも手を伸ばしたいほど、柚木の躰は刻一刻と昂ぶり、餓《かっ》えていく。

――いや…見られていても、もう…。

柚木は息を乱しながら、膝を抱えている右手を、そろり…と太股にずらした。

その途端、志藤が絶妙なタイミングで言った。

「そうか。仕方がない。だったら次は、後ろの孔に媚薬を塗れ」

「なっ…」

「それをたっぷりまぶした指を中に突き入れて、掻き混ぜるんだ」

柚木は絶句し、志藤を見つめた。

それを見返す漆黒の瞳が、柚木を値踏みするかのように、細くすがめられる。

「できないのか？　『好きなだけ罰していい』……おまえのあの言葉は、嘘か」

柚木は、ハッと我に返るように気づく。

志藤は試しているのだ――わざと屈辱的な行為を強いて、柚木の本気を。

柚木はコクリ…と喉を鳴らし、脚から手を離して、かたわらのボトルを取り上げた。

すると、志藤は椅子から立ち上がって、ベッド際に歩み寄ってくる。

「一人じゃ、やりづらいだろう。手伝ってやる」

「えっ…」

「俺が広げていてやるから、おまえは存分に、中を掻き回せ」

言うが早いか志藤は柚木の膝頭をつかみ、左右に割って固定した。

カッと全身が燃え立つように熱くなった。

こんな近くで、志藤に見られながら後孔を自分で愛撫するなんて、死ぬほど恥ずかしい。

けれど、求められる行為が淫らになればなるだけ、羞恥以上に躰の疼きも激しくなってくる。

柚木は震える手に媚薬を滴らせ、自分の股間へ差し伸べた。

後孔を自分で慰めた経験などなかったが、やるしかなかった。

「…く…っ……ん…」

指が自身の屹立と袋の横を滑って、そろそろと狭間の奥に忍び込む。

と思う間もなく志藤がさらにそこを押し広げたせいで、柚木はいきなり自身の窄まりを探り当ててしまった。

「あっ…は、あぁっ」

思わず指を引いてしまったが、入口の襞の反応は早かった。

乳首の比ではないほど媚薬の成分が急激に浸透するのがわかる。ジンジンとそこが疼き、むず痒くてたまらなくなってくる。

柚木はもう一度、指を這わせると、窄まりの周囲を指先で擦った。

でも、それだけでは足りない。到底、治まらない。

「どうした。何をためらってる。早く中にもくれてやれ。ヒクヒクいって、ねだってるぞ」

その言葉に、志藤が後孔の襞の動きまで直視していることを知り、クラリと目眩を覚えたが、欲求には逆らえなかった。

「…う…っ、ん、あぁぁ…っ」

くぷ…っと指が後孔に埋没した。途端に内壁が侵入者をキュッとしめつける。

だが、それだけの刺激で達けるはずもない。

あげく中の粘膜は、媚薬に鋭敏に反応して熱く蠢き出す。

「ん、あっ…んっ…ん…」

柚木は無我夢中になって、指で内部を擦り上げた。

けれど、自身が感じる部分も、どう刺激すれば後ろだけで達けるのかも、柚木は知らない。

ただ闇雲に指を動かしても、逆に到達できない焦れったさと餓えが増幅されるだけだ。

「そんなにこれが気に入ったか」

身悶える柚木に、志藤はいつの間に手にしたのか、媚薬のボトルを傾ける。

そして淫蕩な笑みを浮かべて、柚木が指を出し入れしている部分に補充するように垂らす。

そのせいで、潤んだ襞がグプッ…ヌチュ…と卑猥な音を立てた。

「ずいぶん悦さそうだな。前のほうもベトベトになってるぜ。そんなにイイのか」

限界まで張り詰め、先走りを溢れさせている欲望に、絡みつく志藤の熱い視線。

「違…っ、あっ…や…ぁっ…」

違う。そうじゃない。これでは達くに達けないのだ――そう伝えたくても、全身が性感帯にでもなったかのように脈打ち、震えて、上手く舌が回らない。

せめて屹立に触れられたら…握って、思い切り擦り上げることができたら…と、柚木は唾を飲み込み、志藤を懇願の目で見つめた。

「そうか、前にも刺激が欲しいんだな」

柚木は弾かれたようにうなずいた。わかってくれたことが嬉しくて、思わず目が潤む。

なのに、志藤はいっそう残酷に微笑んで。

「だったら……これでどうだ」

つぅ…っと、滴る液体が、先端の孔を目がけて落ちていく。

「ひっ……やっ、あああっ！」

灼けつくような鋭い痛みが襲った。と同時に、激しい射精感が柚木を突き上げる。

瞬間、頭の中が真っ白になった。

腹や胸だけでなく、自分の顔にまで白濁を飛ばしたことにも気づけないほどに。

「……達ったばかりだってのに、物足りなさそうだな」

朦朧とし、息を乱している柚木の目に、ベストを脱ぐ志藤の姿が映る。

こちらを見下ろしてくる嘲笑の眼差しを追うと、それは柚木の股間に注がれていて。

「…あっ」

柚木は反射的に足を縮めた。非情にも志藤に媚薬を垂らされたそこは、吐精したとは思えないほどの硬度を保っており、すでに痛いほど張り詰めている。

しかも、さんざん指で掻き回していた後孔も、いまだじくじくと膿んだように疼いていた。

「隠してどうなる。前も後ろもあれだけグショグショにしておいて、それこそ今さらだろうが。本当はコレが欲しくてならないんだろう」

貶めるように言いながら、志藤がベルトのバックルを外す。

柚木はそれをじっと見つめ、一つ大きく息をついた。

そして全裸のまま、ゆっくりとベッドから下り、志藤の前にひざまずく。

それは柚木の中で、自然に湧き上がってきた欲求だった。

「──させてくれ……志藤」

見上げて言う柚木に、志藤はズボンにかけた手を止めて、眉根を寄せる。

「したいんだ……口で」

羞恥を堪えて言葉にすると、志藤は大きく目を見張り、そして声を上げて笑った。

「どうした？　ずいぶん積極的だな。っていうか、薬のせいで化けの皮が剝がれたか。それとも、罪滅ぼしか？」

「違う。…違うんだ」

志藤が自分にいくら罰を与えようとも、柚木の真意を試そうとも、かまわない。

自分はそれに応えるだけだ。

ただそれとは別に、柚木は志藤にも純粋に感じて欲しかったのだ。

『……おまえの特別と……俺の特別とは……意味合いがまるで違う』

『いいや。違わない。少なくとも、これからは同じだ』

その想いを…自分の気持ちが変化しつつあることを、少しでも志藤に伝えたかった。

「まぁ、いいだろう。ただし咥えながらオナるなよ。疼く躰にお預けを喰らわせておくのも一興だ。さぞかし熟れて美味いに違いない。せいぜい心して、しゃぶってもらおうか」

高飛車に言って、志藤が促す。

柚木はうなずいて膝立ちになり、目の前のズボンと下着を下ろした。

あらわになった股間には、志藤の分身が勃起の兆しを見せて、首をもたげていた。

柚木は喉を小さく鳴らし、それに手を添えると口を寄せた。

「…ん……ふ…」

目を閉じて、ゆっくりとそれを口に含む。舌を絡めて強く吸う。以前は咥えろと強要され、屈辱と嫌悪の行為でしかなかった口淫に、柚木は自ら進んで没頭していく。

舌先で括れを舐め、甘咬みし、唇の輪で表皮を丹念に扱く。すると、じきに男根は猛々しく形を変え、柚木の口に余るほどに膨らんだ。

それでもなお、柚木は浮き出した血管に舌を這わせて、丁寧に愛撫を繰り返す。

飲み切れない唾液が、口端から溢れて滴った。

「……柚木…。おまえ、自分が今どんな顔をしてるのか、わかるか」

掠れた低い声が頭上で響く。

柚木は怒張を咥えたまま、潤んだ目で志藤を見上げた。

「淫乱そのものだぞ。しゃぶりながら、上からも下からも、涎を垂らして」

蔑視を向けられて、顔から火が出そうになる。一度吐精したとはいえ、媚薬のせいで柚木の分身は再び勃起しており、先走りが溢れて幹を伝っていた。

だが、柚木は目を伏せて、再び奉仕に集中する。

言葉に出せば、思い上がるなと罵られるだろうが、傷ついて憎しみに染まってしまっている志藤の心に寄り添いたい…癒したいという気持ちが、柚木を突き動かしていた。

「好きものめ」

低く罵る志藤の先端から、じわり…と覚えのある味が、口腔内に滲んだ。

志藤が感じてくれている証拠だ。閉じた瞼の裏が、ジンと喜びに熱くなる。

柚木はますます熱心に舌を使った。と、その途端。

「よせ。もういい」

髪を強く引かれ、ずるりと屹立を抜かれて、唾液が糸を引いた。

「続きはベッドでする。今度は下の口で、俺を咥えろ」

言いながら志藤はワイシャツを脱ぎ、足で下衣を蹴り払った。

そして、先刻まで柚木が寄りかかっていたヘッドボードに背中を預け、こちらを向く。

「来い、柚木。ここに来て、俺の上に乗れ」

柚木は息を呑んだ。

志藤は柚木に、自分から男根を呑み込め、と言っているのだ。

ズキンと躰の芯が熱く疼く。はしたないとは思いつつも、昂ぶり切った柚木の躰は、志藤の淫らな要求を歓迎している。

それに、いずれは志藤に貫かれるのだと覚悟はしていた。

柚木は意を決してベッドへ上がり、おずおずと志藤の躰を跨《また》いだ。

そして、濡れそぼる勃起を志藤に見せつける格好で、後ろ手に怒張を探る。

「いやらしい奴だな…。もうぐっしょりじゃないか」

その姿を揶揄されて、柚木はカッと耳朶《じだ》を赤くした。

こうも立て続けに己の浅ましさを指摘されると、さすがに身が縮み、顔が曇る。

その様子に、まるで言いすぎたことを後悔するかのような、チッという舌打ちが聞こえた。

でも、それは一瞬で。

「俺の肩に手をついて、腰を落とせ」

きっと早くしろと苛立っているのだろう。志藤はあきれたように息をつき、小刻みに震えている柚木の手を取って、自分の肩に置かせた。

柚木は唇を噛み、右手で志藤のものを探り当てると、自分の尻にあてがった。

だが、こんなことをするのは初めてで、上手く位置が定まらない。中腰の体勢で何度試みても、志藤の先端は際どい部分をぬるぬるとなぞるだけで、そのうちに太股が震え出す。

「…いい加減にしろ。いつまで遊んでる気だ」

ぴしゃりと言って、志藤は柚木の腰を鷲づかみにして引き寄せる。

そのせいで角度が変わり、窪みに怒張の先端が当たった。

「く、うう…っ…、はぁ…っ」

圧倒的な質量が体内にめり込んでくる苦痛に、一瞬、陵辱の恐怖が頭を過《よ》ぎる。

だが、熟れ切った柔襞をじわじわ押し開かれていくと、それを凌駕する快感が襲ってくる。

その弾みで支えている足から力が抜け、柚木は根元まで一気に志藤を呑み込んでしまった。

「うっ…あああっ！」

最奥を穿たれる衝撃と、脳髄を灼く鮮烈な快感に、白濁が飛び散る。

柚木は志藤の肩につかまったまま、汗に濡れた肢体をビクビクと痙攣させた。

「また達ったのか…。それも、挿《い》れただけで」

耳元で志藤が嘆息交じりに言う。

柚木は弾かれたように躰を離した。

そして、再び自分だけが達してしまったことを詫びようとして、ハッと目を見開いた。

淡いライトの光に照らされた肉感的な男の躰の至る所に、傷痕があったからだ。

「志藤……どうしたんだ……それ」

それは刀傷のような直線的なもの、銃創か火傷などだろうか…皮膚を醜く引きつらせたものなど、数えればきりがないほどで、柚木は呆然とする。

だが、志藤は苛立ちもあらわに切り捨てる。

「古傷だ。おまえには関係ない。さっさと腰を振れ。いつまで俺を待たせる気だ」

柚木は唇を噛んだ。そして、志藤の肩に再び手をついて、そろそろと腰を浮かす。

「…ん…あぁっ…」

体内を埋め尽くしている雄芯が、ズルッと抜けていく感触に、鳥肌が立つ。

それを収めようと腰を戻すと、今度は鋭い快感が背筋を突き抜けた。

柚木はぎこちないながらも、腰を上下させた。

だが、目を閉じていても、たった今見た志藤の躰の傷痕が、瞼の裏に鮮明によみがえる。

その一つ一つに、きっと志藤の壮絶な過去があるのだ。

痛みや苦しみ、悲しみや憎しみが刻みつけられている——そうと思うと、柚木の胸が軋むように傷んだ。

「……志藤…あ、…んんっ…」

十三年もの間、自分は何も知らずに過ごしてきた。

その歳月の中、いったいい志藤はどんな修羅場を、幾度くぐり抜けてきたのか。

志藤が一番つらい時に力にもなってやれず、側に寄り添ってやることもできず、彼がどんな想いを抑え込んで柚木を見つめていたのか、それこそ自分は何一つ知らなかったのだ。

「…志…藤……ごめ…ん」

柚木は襲う切なさに躰を震わせ、志藤の肩先にしがみついた。

そして、繰り返し、志藤の名を呼んだ。

「志藤……志ど…う…」

気づけなくて、ごめん。

こんなに長く苦しませて、ごめん。

もう二度と離れないから。これからは、何があってもおまえの側にいるから。

今はまだ、遠く離れてしまっている互いの気持ちを少しでも縮めたいと、柚木は懸命に腰を揺すった。それこそ、健気なほど一心に。

「んっ…、志ど…っ、ぅんっ…」

柚木の呼ぶ声が、掠れて震える。

「……柚木っ……おまえ…っ」

志藤が柚木の肩をつかんで、ガバッと躰を引き剝がす。

その弾みに、柚木の潤む目から、ぽろぽろと涙がこぼれ落ちた。

途端に志藤の瞳に苦い色が浮かび、眉間に縦皺が寄る。

もしかして古傷が痛んだのだろうか。

それとも、こんな場面で泣くなんて、興醒めだと腹を立てているのだろうか。

「クソッ…」

吐き出すように言って、志藤は自分の腰の上に乗せている柚木の躰を仰向けに押し倒した。

「うっ…ああっ」

そのせいで、挿入の角度がきつくなり、柚木は苦悶の表情を浮かべる。

「そんなぬるい腰使いじゃ、いつまでたっても達けねぇんだよっ」

志藤はわざと怒りを駆り立てるような口調で言って、柚木の片足を持ち上げた。そして自分のものを柚木の体内に埋めたまま、互いの足を交差させる体位を取る。

それは柚木の深淵をより鋭く抉った。

「ひっ…あっ、ああっ…」

荒々しい抽挿が始まった。

志藤は柚木の足首をつかみ上げ、あらわにした秘部に、思うさま己の楔を打ち込む。

そのたびに柚木の躰は悲鳴を上げ、眼前に愉悦の火花が散った。

「あっ、あっ…志ど…、ん、あっ…」

苛むかのように立て続けに最奥を突かれ、柚木は三たび悦楽の淵に追い立てられる。

ベッドがその動きに耐え兼ねたように、ギシギシと軋んだ。

「…っ、柚木っ」

「あっ、やっ…あ、あ――っ」

ドクンと放たれる熱い飛沫に内部を灼かれて、柚木もまた快楽の証を迸らせる。

ふっ…と意識が遠のいた。だが、志藤はそれを許さない。

自身を引き抜きざま、今度は柚木の両膝を胸につくまで折り曲げて、割り開く。

そしてドロリと白いものが溢れてくる赤い窄まりを凝視しながら、再び怒張をあてがう。

「やっ…志藤っ、う、んんっ」

吐精したとは思えない硬い肉塊を、ずぶっと根元まで挿入された。

志藤はそのまま、鋭敏になっている柚木の内壁に、容赦なく己を突き立ててくる。

繰り返し繰り返し、ぐちゅぐちゅと淫靡《いんび》な水音を立てながら。

「柚木……これで終わりだと思うなよ」

官能を揺さぶる、夜の声。

激しい劣情に揺れる、漆黒の瞳。

それは甘い毒のように柚木を麻痺させ、悦楽の底へと引きずり下ろしていった。

何かが焼け焦げるような匂いがする。

その感覚が、柚木を覚醒させた。

重い瞼《まぶた》を開けると、ぼんやりとした視界の中、赤いものがゆらゆらと揺らめくのが見えた。

それが炎だと認識した途端、柚木は弾かれたように半身を起こし、軋む躰に顔をしかめた。

「目が覚めたか」

咥え煙草の志藤の声に、柚木は目を瞬いた。

火事かと思ったそれは、志藤が灰皿の上で、何かを燃やしている炎だった。

志藤はズボンを穿《は》き、上半身は裸で首にタオルをかけていた。シャワーを浴びたのか、肩先を掠める髪からは雫が垂れている。

時刻は午前五時になろうとしていたが、カーテンの隙間から覗く外はまだ暗かった。

「何を…してる…んだ」

尋ねる自分の声がひどく掠れていた。

その理由に思い当たり、柚木はじわりと目元を赤らめる。

夜を徹して痴態の限りを尽くし、淫らに喘がされた、その結果だ。

だが、志藤は情交の余韻をまるで感じさせず、平然と足を組み、煙草を吸っている。

その姿に、やはりあれは夢だったのだと柚木は思う。

気を失う直前、志藤が情熱的に口づけてきて、柚木を抱き竦めたような気がしたのだ。

「写真を燃やしてる」

「写真？」

「これだ」

志藤は立ち上る紫煙に目を細めつつ、テーブルの上に置いてある封筒をベッドへ放った。

そのせいで寝乱れたシーツの上に、写真が数枚、封筒から飛び出してくる。

それに目をやる柚木の顔が青ざめ、唇が震えた。

写真には緊縛された柚木の裸体が写し出されていた。

ほかも見るに耐えない画像ばかりだ。

しかも封筒の宛先は『横浜地方検察庁』——ということは、やはり志藤はこのスキャンダラスな写真を、地検に送るつもりでいたに違いない。なのに。

「…どうして…だ」

柚木は信じられない思いで聞いた。

これを燃やすということは、柚木から検事の職を奪うのをやめたということだろうか。

「勘違いするな」

志藤がぴしゃりと言った。

「データはちゃんと保存してある。それに例のファイルと日記も、しかるべき時が来るまで、保管しておくつもりだ。いつでも告発が可能なようにな」

「……志藤。でも…」

目を見開く柚木に、志藤は灰皿の中の燃えがらを煙草で押し潰す。

そして椅子から立ち上がると、ベッドへ歩み寄った。

「飲め」

呆然とする柚木の前に差し出されたのは、飲みかけの缶ビールだった。

「あ……ああ。すまない」

弾みでうなずき、受け取ると、志藤がピクリと片眉を上げた。

それがどうしてなのかも、よくわからないまま、柚木は缶に口をつける。飲みものを見た途端、喉がカラカラに渇いていることを自覚したからだった。

柚木は冷えたビールを、ごくごくと音を立てて飲んだ。

「…ったく。おまえっていう奴は…。危機感はどこへ行った?」

あきれたように…だが、どこか忌々しげに志藤が舌打ちをする。

そして、ベッドに散らばる写真を取り上げる。

途端に柚木は気がついた。

志藤は自分が差し出す酒を、無防備に受け取ったことにあきれているのだ。

酒に薬を仕込まれて、淫らな姿を強いられたその証拠が、まだ目の前にあるというのに。

柚木は弾かれたように志藤へ目をやった。志藤は再び灰皿の上で、写真を焼いていた。揺らめく炎に細く目をすがめるその横顔には、再会してから初めて見せる穏やかな表情が浮かんでいた。

——志藤……。

柚木の胸が沁みるように熱くなる。

もしかしたら、伝わったのだろうか。

いや……きっと、そうなのだ。

おまえと一緒に生きていきたい——そう願った柚木の気持ちが、志藤の心を動かしたに違いない。だからこそ志藤は、写真を破棄する気になったのだ。

「……志……藤……ありがとう」

声が震えた。込み上げてくるものに、ジン…と目頭が熱くなる。

もしかしたら、あの情熱的なキスも抱擁も、夢ではなかったのかもしれない。

「別に。感謝される筋合いはない」

志藤はチラリと柚木に一瞥《いちべつ》をくれつつ、再び煙草に火を点ける。

「ただ…おまえが、俺に縛られる覚悟があると言うなら、こんなものは必要ないだろうと思っただけだ」

フーッと煙を吐き、顎をしゃくる志藤の先で、最後の一枚がメラメラと燃える。

「それをおまえは、これから一生かけて証明しろ。いいな……柚木」

口調は冷ややかだが、志藤の目には、もう怒りも憎しみも感じられなかった。

それはかつて、ともに肩を並べて競い合った親友の面影を彷彿とさせて、柚木の心を切なく、そして温かいもので満たしていく。

「……志…藤…」

答えは言葉にはならなかった。だが、柚木は震える唇を噛みしめ、きっぱりとうなずく。

灰皿の中で、赤い炎がゆらゆらと揺れ、消えていった。

燃えかすが、カサリ…と音を立てて崩れる。

いつかどこかで、聞いたような音だと思った。

夜明けは、もう目の前だった。

あとがき

ラヴァーズ文庫の読者の皆さま、初めまして。結城一美《ゆうきかずみ》です。

このたびは『ダブルギルティ～毒蛾淫愛《どくがいんあい》～』を手に取って下さいまして、ありがとうございます。この本は結城の二十六冊目の本になるのですが、ラヴァーズ文庫さんからは初めて、しかもいろいろな意味でグレードの高いGREEDということで、リキが入りまくりの一冊となりました。実は、より淫靡に…よりダークに…を目指すあまり、自分的に超苦手な『蛾』をお話のモチーフとして出してしまい、資料をネットで検索するたびに「ひゃあ～」と阿鼻叫喚しながら執筆したのですが、皆さま少しはお楽しみいただけましたでしょうか。

でも、そんな蛾も、きっと雰囲気たっぷりの素敵なイラストを描かれる小山田《おやまだ》先生が美しくも妖しくアレンジして描き上げて下さることでしょう。ワイルドで凶悪な志藤《しどう》と、清廉で知的な柚木《ゆずき》のキャララフを見せていただいた時点で、完全にノックアウトされております。もうっとりです。小山田先生、お忙しい中、本当にありがとうございました。

担当のTさんにも大変お世話になりました。またご一緒させていただけると嬉しいです。

このお話は結城の本の中では珍しくラブラブで終わり…にはなっていないんですが、志藤と柚木にはこのあと、是非とも幸せになってもらいたいものです。もしご感想・ご意見などありましたら、お聞かせいただけると幸いです。どうぞよろしくお願いします。

それでは、またお会い致しましょう。

結城一美

Lovers GREED

ダブルギルティ～毒蛾淫愛～

ラヴァーズ文庫をお買い上げいただき
ありがとうございます。
この作品を読んでのご意見・ご感想を
お聞かせください。
あて先は下記の通りです。

〒102−0072
東京都千代田区飯田橋2-7-3
(株)竹書房 ラヴァーズ文庫編集部
結城一美先生係
小山田あみ先生係

2010年11月1日
初版第1刷発行

●著 者
結城一美 ©KAZUMI YUUKI
●イラスト
小山田あみ ©AMI OYAMADA

●発行者 牧村康正
●発行所 株式会社 竹書房
〒102−0072
東京都千代田区飯田橋2-7-3
電話 03(3264)1576(代表)
03(3234)6246(編集部)
振替 00170-2-179210
●ホームページ
http://www.takeshobo.co.jp

●印刷所 株式会社テンプリント
●本文デザイン Creative·Sano·Japan

落丁・乱丁の場合は当社にてお取りかえいたします。
定価はカバーに表示してあります。
Printed in Japan

ISBN 978-4-8124-4348-4 C 0193

210

ラヴァーズ文庫
GREED
Lovers GREED
愛《あい》煉《れん》の鬼《おに》。
欲しいものは奪う。
それがマフィアのやり方だ。
就職活動中の大澄友真《おおすみゆうま》は、結婚を間近に控えた妹から
「ある人物に、愛人になれと脅されている」と相談される。
その人物とは、中華マフィアのボス・楊仁《ヤンレン》。
楊仁は、直談判に訪れた友真の体を検分した上で、嘲笑しながら条件を示した。
「妹を諦めてほしければ兎になれ。兎を喰らう狩人たちから逃げきれたら、
妹の代わりにお前を愛人にしてやる」。
選択の余地はなく、友真はこの条件を呑むのだが……。
友真を獲物に見立てた、「兎狩り」。
この淫虐なゲームをクリアできても、
楊仁の抱き人形にされるしか道はないのか…。
著 本庄咲貴《ほんじょうさき》
画 國沢智《くにさわとも》
好評発売中!!